Gewerbeschule Basel

Bericht der Gewerbeschule zu Basel
1872/73 1873

Antigonos

Gewerbeschule Basel

Bericht der Gewerbeschule zu Basel 1872/73 1873

Unveränderter Nachdruck der Originalausgabe von 1873.

1. Auflage 2024 | ISBN: 978-3-38672-761-7

Antigonos Verlag ist ein Imprint der Outlook Verlagsgesellschaft mbH.

Verlag: Outlook Verlag GmbH, Zeilweg 44, 60439 Frankfurt, Deutschland
Vertretungsberechtigt: E. Roepke, Zeilweg 44, 60439 Frankfurt, Deutschland
Druck: Libri Plureos GmbH, Friedensallee 273, 22763 Hamburg, Deutschland

BERICHT

DER

GEWERBESCHULE ZU BASEL

1872 — 73.

Wissenschaftliche Beilage:

Die deutschen Satznamen.

Von

FRIEDRICH BECKER.

Basel, 1873.

Carl Schultze's Universitätsbuchdruckerei.

Die deutschen Satznamen.

»Diese Namen verdienen sorgfältigere Sammlung.«
Jac. GRIMM, Grammatik 2, 1020.

Im Programme unserer Anstalt für 1864 habe ich die Entstehung der deutschen Geschlechtsnamen behandelt und darauf aufmerksam zu machen gesucht, wie die Untersuchung dieser merkwürdigen Gebilde reiche Ergebnisse biete, nicht nur für die Kenntniss der Sprachbildung, sondern auch für die Erforschung der Sittengeschichte früherer Zeiten unsres Volkes und andrer Völker. Die nachsichtige und wohlwollende Aufnahme, welche jene wenigen Blätter seiner Zeit von verschiedenen achtungswerthen Seiten gefunden, ermuthigt mich, den Freunden solcher Forschungen einen weiteren Beitrag zu bringen, weniger zur Belehrung, als zur Anregung, zur Berichtigung und Weiterbildung des darin Gebotenen.

Es zerfallen nach jenem Programm unsere Geschlechtsnamen je nach der Art ihrer Entstehung in zwei Klassen: die eine Gruppe derselben ist aus sachlichen, ernsten Verhältnissen entsprungen und findet ihre Deutung in der Herstammung des Trägers von einem hervorragenden Ahnherrn oder einer Ahnfrau (patronymische und metronymische Namen); aus dem engern oder weitern Wohnorte des Trägers, seiner Heimat zu Stadt oder Land; aus dem Orte oder Lande, von wo er in seine jetzige Heimat eingewandert ist; aus Amts- und Standesstellung, oder bürgerlichen Erwerbsverhältnissen; endlich aus seiner Vermögensstellung und aus äussern leiblichen Kennzeichen, Leibeslänge, Kürze, Dicke und Magerkeit, Farbe von Gesicht, Haar und Bart und was dergleichen mehr ist. Diese letzte Untergruppe leitet aber schon zur zweiten Hauptgruppe hinüber, zu den von mir als humoristische, launige bezeichneten Namen. Eine Anzahl Geschlechtsnamen ist nämlich auf die Art entstanden, dass Uebernamen, Spitznamen, Ekelnamen, oder wie man sie sonst nennen wolle, Namen also, welche eine muthwillige, oft spottsüchtige Umgebung gerne jedem anhängt, an diesem entweder mit der Zeit haften bleiben, oder vielleicht auch von ihm, im Gefühl eines gewissen Trotzes, jetzt erst recht und mit Stolz angenommen und geführt werden: wie denn ja auf diese Weise so manche Parteinamen entstanden sind: die Geusen aus Les gueux; die Sansculotten; in Schwyz, die Hörner und die Klauen, und wie seit 1870 jeder rechte Deutsche sich mit Behagen einen deutschen Michel schimpfen lässt. Alle diese Ueber-, Spitz- und Ekelnamen beruhen aber, wie aller Witz, auf festen logischen Verhältnissen und so lässt sich die ganze Lehre von den Redefiguren und Tropen an den humoristischen Geschlechtsnamen nachweisen: zumal wenn man sich nicht damit begnügt, einen beliebigen wunderlichen Namen aus einem Adress-Kalender herauszugreifen und dann mit mehr oder weniger Gelehrsamkeit, Geist und Witz ihm eine mehr oder minder mögliche oder wahrscheinliche Deutung unterzulegen; sondern wenn es gelingt, die Geburt des Namens in beglaubigten geschichtlichen Vorgängen zu belauschen, oder aber die Art seiner Entstehung dadurch sicher zu stellen, dass man dieselbe an einer grössern Art ähnlicher Beispiele erkennt und feststellt.

Eine der anziehendsten Gruppen unter diesen humoristischen Namen bilden nun die sog. Imperativnamen, Namen in befehlender Form, oder, wie ich früher schon und aus hier noch zu entwickelnden Gründen vorgeschlagen, die Satznamen. Diese Namen entsprechen in ihrer Bildung nicht den gewöhnlichen und gewohnten Gesetzen, wonach die Sprache aus der Wurzelsylbe durch Ablaut, Vor- und Endsilben und Zusammensetzung Dingwörter bildet; sondern in ihnen hat sich ein ganzer Satz, meist ein Befehlsatz, aber auch wohl ein Ausruf, also ein Urtheilsatz, ja eine zur Gewohnheit gewordene Redensart, zu einem förmlichen Substantiv verhärtet und wird nun wie dieses in Casus, Zahl und Geschlecht gebeugt, und wohl auch durch Ableitungsendungen zu einem Adjektiv oder Verb weitergebildet. Jedem fallen da gleich einige Beispiele ein, die auch in der heutigen Sprache noch gänge und gebe sind: das Blümlein *Vergissmeinnicht* und das Kräutchen *Rühr-mich-nicht-an;* der *Taugenichts* und der *Wagehals,* mit *wagehalsig* und dem etwas ungeheuerlichen *Wagehalsigkeit;* der *Thunichtgut* und die, meistens wenigstens, als Imperative aufgefassten frommen Namen *Glaubrecht, Traugott* u. s. w. Geht man aber diesen Namen näher nach, und zwar in zwei Richtungen, der Zeit nach und nach ihrer Verbreitung bei verschiedenen Völkern und in verschiedenen Sprachen: so überrascht der Reichthum an diesen wunderlichen Gebilden, und es eröffnen sich eine ganze Reihe anziehender Blicke und Aussichten auf Verhältnisse und Dinge, die dazu in Beziehung stehen, und wiederum manches überraschende Licht auf andre scheinbar fernliegende Gebiete werfen. Diese Satznamen haben daher schon wiederholt die Aufmerksamkeit der Forscher auf sich gezogen. Jakob Grimm widmet ihnen in seiner deutschen Grammatik ein anziehendes und gelehrtes Kapitel, das stets den Ausgangspunkt für alle hieher einschlagenden Untersuchungen bilden wird. Später haben Massmann und Mone, sowie v. Meusebach und andere solche Namen mit Liebe gesammelt; und seitdem man angefangen hat, die Geschlechtsnamen mehr oder weniger ernst und gründlich, oder aber geistreich und witzig zu behandeln, fehlt in keinem der zahllosen Namenbüchlein ein Kapitel mit Imperativnamen. Eine schätzenswerthe Zusammenstellung deutscher Imperativnamen hat 1868 C. Schulze in Herrig's Archiv für die neuern Sprachen und Literaturen, Bd. XIV Heft I geliefert. Aber in all diesen Vorarbeiten, Grimm's klassisches Kapitel abgerechnet, vermisst man das, was bei jeder wissenschaftlichen

Untersuchung erst Befriedigung gewährt, nämlich den innern Zusammenhang des scheinbar wirre nebeneinander liegenden, das Gesetz hinter der scheinbaren Willkür, »den ruhenden Pol in der Erscheinungen Flucht.«

»Nonum prematur in annum« fordert der römische Dichter von einem ordentlichen Schriftwerke. Ich habe an den Bausteinen zu Nachstehendem länger gesammelt und mit allerlei Handwerkszeug, soweit es mir zu Gebote stand, herüber und hinüber geprobt, gesucht und versucht; und meine Freunde meinen nun, ich solle damit nicht länger zurückhalten, damit auch andere Leute daran lernen könnten, wie man es machen müsse — oder vielleicht auch, wie man es nicht machen müsse. Es ist denn auch meine Absicht, meine ganze Sammlung von Satznamen zu veröffentlichen: freilich nicht an diesem Orte, denn das würde den mir zu Gebote stehenden Raum eines Programms weit überschreiten. Ich muss mich hier darauf beschränken, den Kern der Sache, das Wesentliche der Ergebnisse vorzulegen, und bitte auch darum, die Belege zu den von mir aufgestellten Sätzen einstweilen auf Treu und Glauben hinzunehmen; zu keinem fehlt das erforderliche Citat, und diese mögen einer spätern erweiterten Arbeit vorbehalten bleiben, welcher dann auch aller Tadel, der die Vorliegende treffen wird, zu Gute kommen möge.

Treten wir nunmehr näher an unsern Gegenstand heran, so wird sich als zweckmässigster Gang der Untersuchung folgendes ergeben: Zuvörderst ist zu ermitteln, wie weit sich die Bildung der Satznamen der Zeit nach zurückverfolgen lässt, und ob wir den ersten Anfang dazu an einem oder an mehrern Ausgangspunkten zu suchen haben. Es ist dann nachzuweisen, wo in den heutigen mitteleuropäischen Sprachen die Satznamen zuerst aufkommen und sich ausbreiten, und wie da eine Sprache auf die andere eingewirkt hat, namentlich das romanische Element auf das deutsche; ferner in welchen gesellschaftlichen Schichten und aus welchen Vorstellungsweisen heraus sie entsprungen sind; und endlich sind die grammatischen Verhältnisse derselben zu betrachten.

Unter einem Satznamen verstehen wir einen jeden Namen, der, gleichgültig ob er Eigenname oder Gemeinname, Personen- oder Sachname, Conkretum oder Abstraktum sei, aus einem vollständigen oder elliptischen Satze, einem Urtheilssatz *(Taugenichts)*, Befehlssatz *(Springinsfeld)*, oder Wunschsatz *(der Gott-sei-bei-uns)* zu einem flektirten Substantiv erhärtet ist. Einem fleissige Bibelleser wird da alsbald ein in der Geschichte der Patriarchen und auch später noch bei den Juden häufiger Vorgang einfallen, wonach das neugeborne Kind seinen Namen nach einem zufällig oder bedacht bei seinem Eintritt in die Welt ausgesprochenen Satze enthält. Da ich des Hebräischen nicht mächtig bin, so führe ich nach Herzog's Realencyklopädie, sowie nach Bunsen's, Gerlach's und andrer Bibelwerken folgende Beispiele an, über welche der Leser die angeführten Bibelstellen vergleichen wolle: *Daniel* = Gott ist mein Richter, nach Gerlach zu Daniel 1, 6; *Emmanuel, Jmmanuel* = Gott mit uns; *Ezechiel* =

Gott stärkt; *Jeremia* = Deus jacit, projicit, dejicit; *Jesus*, aus *Jeschûah, Jehoschûah* nach Bunsen zu 4 Mos. 13, 16 und Matthäus 1, 1 = Der Ewige ist Helfer; *Jojakim* = Jehovah richtet auf, Gerlach zu 2 Könige 23, 34; *Joseph* = Er füge hinzu; *Isaak* = er wird lachen, 1 Mos. 17, 19; *Ihsaschar* = es ist Lohn; *Noah* = dieser wird uns trösten; *Ruben* = seht einen Sohn u. s. w. Die Verantwortlichkeit für diese Deutungen im Einzelnen muss ich den genannten Auslegern überlassen. Der Vorgang selbst ergibt sich klar aus Lea's Familiengeschichten 1 Mos. 30, und wer sich weiter darüber unterrichten will, findet Belehrung in Herzogs Realencyklopädie 10, 193 (von Oehler) und ebenda bei den verschiedenen hebräischen Namen. Ob bei andern Zweigen des Semitischen Sprachstammes Aehnliches vorkommt, ist mir nicht bekannt. Das aber steht fest, dass dieser Vorgang aus der Vorzeit Israel's auf die Bildung moderner Satznamen im Kreise der Volkssprache ohne allen Einfluss geblieben ist, und ein solcher sich nur insofern nachweisen lässt, dass fromme christliche Geistliche, des Hebräischen kundig, absichtlich und künstlich solche Namen bildeten; so der liebenswürdige Wetterauer Volksschriftsteller Oser, der sich *Glaubrecht* nennt; so der Berner Jeremias *Gotthelf*, der sich den Namen doch wohl als einen optativen Conjunctiv gedacht hat; so taufte Spener 1681 einen Frankfurter Juden Mayer und nannte ihn Philips Johann *Bleibtreu*, einen andern *Heilwart*.

Ganz anders stellt sich die Sache bei den Griechen, diesem Zweige Japhets, der in Tugenden und Fehlern, in Thaten und Leiden, wie in seinen Geschicken so viel Verwandtschaft mit seinen Vettern, den Germanen hat. Wie der Hellene mit diesem das ritterliche Wesen, die Lust an Kampf, Jagd und Liede, den Sinn für Kunst und Wissenschaft theilt: so weht auch durch die Eigennamen beider Völker derselbe poetische Hauch aus einer herrlichen Helden- und Wunderwelt; und nicht die am wenigsten anziehenden griechischen Männernamen sind die zahlreichen Imperativnamen. Grimm hat in der angeführten Stelle ein reiches Verzeichniss gegeben, das sich aus Passow's Wörterbuch noch sehr vermehren liesse. Was nun bei diesen griechischen Satznamen und wenn man sie mit unsern mitteleuropäischen vergleicht, alsbald auffällt, das ist, dass bei beiden gleiche Ursachen gleiche Wirkung hervorrufen. Bei den Hebräern treten in der Namengebung vorzugsweise, ja überwiegend religiöse Motive auf, während diess bei griechischen und deutschen Namen mehr zurück- und dagegen Kampf, Sieg, Herrschaft, Spiel und Tanz in den Vordergrund tritt. In Folge dessen treffen wir bei den Griechen eine ganze Anzahl Satznamen, die wir später, ohne dass ein directer Zusammenhang anzunehmen wäre, in deutschen oder romanischen Satznamen wieder finden; man vergleiche: *Archéchoros* und die deutschen Namen *Hebetanz, Schickedanz; Helketribôn, Helkesipeplos* und *Zuckmantel* (doch bedeutet das doch vielleicht etwas anderes); *Aërsipûs* und *Schwingenfuss; Echéthymos* und *Habmut, Habstolz; Trechédeipnos* und *Suchentrunk, Suchenwirt, Suchewin* in Frankfurt 1347; den *Scudesper* Cöln 1174, *Schüttenspiess* Basel 1370, den englischen *Shakspear* finden wir griechisch wieder in *Engchéspalos* oder *Seiséngchos;* ferner *Erysithrix* = *Reithaar* oder *Schlichtekroll; Damasibrotos* und *Zwingenschalk; Menémachos, Menécharmos* und *Hebdenstreit, Hebenkrieg; Deisidaimōn, Deisitheos Fürchtegott, Fürchtenbutz; Taraxikàrdios* und das französische *crève-cœur,* in Basel 1374 *Herzbrecher; Zeurileios* und *Twinghelant.* Dergleichen entfernte Vettern liessen sich noch viele anführen.

Eine Eigenthümlichheit der griechischen Satznamen besteht darin, dass die am ersten Theil der Zusammensetzung, dem Verb, auftretende Imperativflexion stets deutlich ist, während am Ende des Wortes, dem Object jenes Verbs, die Spuren der grammatischen Rektion verschwinden und eine Substantivische Endung mit vollständiger Flexion auftritt. Weiteres darüber ist bei Grimm und in den griechischen Grammatiken nachzusehen.

Wir kommen zu dem dritten Volk des Alterthums, das, mit den beiden besprochenen, seit mehr denn tausend Jahren unsre europäische Bildung und Entwickelung beeinflusst und bestimmt hat, zu den Römern. Kaum gibt es einen grössern Abstich, als zwischen ihnen einerseits, und Griechen und Germanen andrerseits; ein Gegensatz, in welchem beide Stämme, Lateiner und Germanen seit den Zeiten der Cimbern und Teutonen bis auf unsre Tage herab, in noch ungeschlichtetem Kampfe ringen. und ihre besten Kräfte verzehren, — oder aber zur Geltung bringen. Wenn irgendwo und wie, so zeigt sich diese Verschiedenheit in den Personennamen, die bei den Römern ebenso arm, geistlos und gemeinen Ursprungs, als sie bei Griechen und Germanen edel und vornehm sind. Es wird uns daher nicht Wunder nehmen, wenn wir die imperativische Wortbildung und überhaupt Satznamen, die, laut allen bisher angeführten Beispielen, einen regen, muthwilligen, ich möchte sagen, poetischen Sinn voraussetzen, bei den nüchternen, prosaischen Römern so selten, man möchte schier sagen gar nicht finden. Wenigstens nur in einzelnen Spuren da, wo sich der eigentliche römische Geist am reinsten und eigenthümlichsten ausspricht, in Personennamen und der prosaischen und poetischen Sprache der vornehmen römischen Stadtbürger.

Aus der ältern und der classischen Zeit Rom's wären daher von den uns angehenden Gebilden nur folgende aufzuführen: dahin gehört vor allem *Mota-cilla,* der Name der Bachstelze, des muntern stets beweglichen Vögleins, das in so vielen Sprachen zu Satznamen herausfordert, niederdeutsch *wipp-stert, wack-stert,* engl. *wag-tail,* franz. *hoche-queue,* griechisch *Seisoúra.* Die folgenden verdanke ich der Mittheilung W. Wackernagel's sel.: *Mulciber,* Beiname des Vulkan = *Schmelzeisen; flexanimus* bei Varro; *poscinumius,* adjectivisch, eine »meretrix«, Dame du demi monde, etwa »*Heisch-den-Batzen;*« *versipellis,* niederdeutsch *Wendehoyke,* engl. *turncoat; tentipellium* Hautsalbe; *for-mica* die Ameise, »Schleppe-krümel.« Das werden sie sein. — Die Sache ändert sich aber, sobald die klassische Zeit abgeblüht hat, und mit der in der Kaiserzeit einreissenden Verwilderung das bis dahin vom römischen Bürgerthum unterdrückte Volksthum sich hervor drängt. Schon bei Plinius finden wir zwei merkwürdige Beispiele. Den Namen der duftenden Reseda erklärt er aus einer Zauberformel; man wandte das Kraut gegen Entzündungen und Geschwulste an, unter der Beschwörung, *Reseda* d. h. *Stille, Stille* die Geschwulst! *) — Eine andere Pflanze, unser Günsel, *Ajuga* bei Linné und schon seit Scribonius, heisst bei Plinius *Abiga*, Treib-ab **). — Von da an, im Masse als Sitten und Leben roher und volksmässiger werden, mehren sich die Namen der Art. Da berichtet uns Tacitus von einem Hauptmann, der seine Soldaten unbarmherzig geprügelt habe und darum von ihnen der Hauptmann *cedo-alteram* »eine andre Ruthe (oder vielmehr Weinrebe) her!« genannt wurde***). Später noch heisst von zwei Obersten, beide des Namens *Aurelianus*, der eine mit dem Uebernamen Aurelianus *manu ad-ferrum, Hand-am-Eisen.* (Scriptores historiæ Augustæ ed. Jordan et Eyssenhardt. Berl. 1864. 2, 139.) Und endlich reiht sich hieran, aus Athenaei Deipnosophistæ ein wunderlicher Bericht von einem Philosophen oder Sophisten Ulpianus dem Tyrier, der, nach einer bei ihm stets wiederkehrenden Redensart, der *Keit'ou-keitos* hiess, der »Es geht oder es geht nicht.«

Mit dem Ablauf der Völkerwanderung tritt in ganz Westeuropa eine neue wunderbare Staatenbildung ein. Wie die Trümmer heidnischer Tempel und römischer Prachtbauten ihre Säulen und sonstigen Schmuck zum Baue christlicher Kirchen und germanischer Königssäle hergeben mussten, so verquickt sich auch mehr oder weniger rasch das Wesen des ausgebildeten römischen Rechtsstaates mit dem germanischen Volksstaat; so bauen sich auch in den Ländern, wo, in Folge der Völkermengung, die gebildetere Sprache der Ueberwundenen die rohere, für so viele Bedürfnisse geistigen Lebens keinen Ausdruck bietende Mundart der Sieger überwucherte, die romanischen Sprachen auf: wunderbare Gebilde, wo die in der Hochfluth der Völkerwanderung gewissermassen zu einem formlosen Gerölle zerriebenen Formen der lateinischen Muttersprache wiederum, durch innere Triebkraft des sprachbildenden Geistes, zu neuen organischen Sprachgebilden zusammentreten und gewissermassen sprachliche Conglomerate und Nagelfluhfelsen bilden, ein Vorgang, den Dietz in so anziehender Weise nachgewiesen hat. Bei der Bildung dieser romanischen Sprachen lässt sich nun aber der Einfluss der Volkssprache und ihrer Eigenthümlichkeit überall nachweisen; namentlich aber in dem Auftreten von Satznamen. Zuerst treten diese meines Wissens, und zwar schon im 8ten und 9ten Jahrhundert in Italien bei den Longobarden auf. Da finden wir (bei Muratori) 843 einen *Incendi-messe, Seng's'korn;* einen *Cavinsacco, Raum-in-sack;* später *Pela-vicinus Schind-den-*

---

*) Circa Ariminium nota est herba, quam *resedam* vocant, discutit collectiones (Geschwülste) inflammationesque omnes. qui curant ea, addunt haec verba: *Reseda,* morbos *reseda,* scisne, scisno, quis hic pullos (Geschwür) egerit? radices nec pedes habeant. Haec ter dicunt totiesque despuunt.   Plinius 27, 12.

**) Chamaepitys latine *abiga* vocatur propter abortus.   Ebd. 24, 20.

***) Centurio Lucillius interficitur, cui, militaribus facetiis, vocabulum, *cedo-alteram,* indiderant; quia, fracta vite in tergo militis, alteram clara voce, ac rursus alteram poscebat.   Tacitus, annal. 1, 23.

gast; Torna-quinci, Scher-dich-fort; Frica-panem, später *Frangipani, Siede-brot; Bevilacqua* Trinkswasser, vgl. engl. *Drinkwater* und viele andre. Die spätere italienische Sprache dehnt nun diese Bildung von Eigennamen auf Gemeinnamen von Personen, Sachen und sogar von Abstrakten aus, wie aus folgender Zusammenstellung erhellt: *accatta-brighe,* Zänker, *Hebden-streit; accatta-pane, Heische-Brod,* Bettler; *ammassa-sette,* Eisenfresser, Sieben auf einen Schlag, wie im Märchen; *caccia-diavoli,* Teufelsbanner, *Jagenteufel,* jetzt noch in Pommern; *cerca-brighe,* Zänker, Suchenkrieg, *Suchenneid; Scalza-gallina,* Hennengreifer, Schnapp-den-han, Schnapphan; die Scheinheiligen *pappa-lardo,* der an Fasttagen heimlich Speck isset; *baccia-pile,* Küsse-die (heilige) Säule; *graffia-santi* Kratze die Heiligen; *torci-collo,* Wendehals, Hals- und Augenverdreher. Von Thiernamen finden wir *batti-coda,* die Bachstelze; *Salt-in-palo,* Spring-auf-den Stock, das Schwarzkehlchen; *Fora-paglie,* Schlupf-durchs-Stroh, der kleine Rohrvogel; *lampreda,* aus *lampetra,* lat. *lambe-petram,* engl. *lick-stone,* weil der Fisch sich an Steine ansaugt; von Pflanzen: *abbraccia-boschi,* das Geissblatt, umarme-den-Busch; *Gir-a-sole, torn-a-sole,* die Sonnenblume; von Geräthen: *cava-denti,* der Pelikan des Zahnarztes; *para-sole,* der Sonnenschirm; *salva-fiaschi,* Flaschenfutter; *salva-danajo,* Sparbüchse; *spazza-forno,* fege den Ofen, Ofenwisch; von Handlungen: *bacia-mano,* Handkuss. Dazu noch die aus ganzen Redensarten verhärteten Personennamen: *Dio-ti-salvi,* Gott helfe Dir; *Bentivoglio,* Ich will Dir wohl; *Arriva-bene, Bene-vieni, Benvenuto* vgl. unser Geschlechtsname *Willkomm.* — Kurz, wir sehen aus diesen wenigen unter zahllosen Beispielen, dass sich, nachdem der italieni- schen Sprache die Fähigkeit der eigentlichen Zusammensetzung abhanden gekommen, sie in der Bildung der Satznamen einen Ersatz sucht und reichlich findet.

Fast noch zahlreicher als im Italienischen finden wir die Satznamen in den andern ro- manischen Sprachen, dem Französischen, Provençalischen, Spanischen und Portugiesischen; und zwar schon sehr frühe. Namentlich dem normanischen Adel scheinen solche »knebelbart-fres- sige Namen«, wie Fischart sagt, sehr gefallen zu haben. Wem fällt da nicht Wilhelms des Er- oberers getreuer *Taillefer* (Haueisen, Schroteisen) ein? ferner *Tailleyrand* Haudenschild; *Perce-haie* Durchdenbusch; und daneben *Perce-forêt, Perce-val, Rûtebœuf, Sauvebœuf, Tournebœuf.* Zahllos, wie die Durchsicht jedes Wörterbuchs ergiebt, sind die auf ähnliche Weise gebildeten Gemeinnamen von Personen, Thieren, Pflanzen, Geräthen u. s. w. und besonders anziehend sind die, welche ausserhalb der klassischen Sprache, sich auf dem Boden der Mundart gebildet haben. Ich führe aus Bridel und Favrat, Glossaire du patois de la Suisse romande an: *Bourla-fer* Brenneisen, Spottname der Schmiede und Schlosser; *Bourla-papei* Verbrenn's Papier, Benen- nung der aufständischen Wadtländer Bauern, welche 1802 an den Amtsorten die ihnen ver- hassten Dokumente verbrannten; *Fouetta-ku* Schulmeister; *Gratta-papei* Advokat, Notar; *Letche-pot* Tellerlecker; *Petse-lena,* »pêche-lune, sobriquet d'un village, dont quelques ivrognes, voyant la lune dans un étang, proposèrent d'aller la pêcher, de peur qu'elle ne se noyât«, also etwas

Aehnliches wie die bekannten schwäbischen Mondfänger; Thiernamen: *Peka-bou* Pick das Holz, der Specht; *Peka-botton* Picke die Knospe, Blutfink; *Perça-pierre* die schon erwähnte Lamprete; *allaita-bagna* Kuhmelker, der schwarze Alpenmolch, weil er den ruhenden Kühen die Euter aussauge; ebenso der arme, in allen Sprachen so ungerecht behandelte *Allaitè-tsivra* der Ziegenmelker; *Brain-la-koua*, branle-la queue, wiederum die Bachstelze; *Cassalogne* Nusshäher. Pflanzen: *Craiva-polaille* Hünertod, die Zeitlose; *Porta-rousahie*, porte-rosée, Alchemilla alpina; *Batte-couer* herbe a éternuer, Aohillea ptarmica; *Revire-bau*, arrête-bœuf, die Heuhechel, Ononis spinosa; *Carta-pudje*, écarte puce, Jagenfloh, Euphorbia Lathyris; *Étrangle-chat* Würg-die Katze, Poire d'angoisse, Kannebirne; *Deferra-tsao*, déferre cheval, Botrychium Lunaria; »si le fer d'un cheval la touche, il tombe et se brise à l'instant;« auch italienisch *sferra-cavallo; Dèkalhe-sau*, Rumex sanguineus: »qui rend le sang moins épais.« *Passa-maidje*, Passe-médecin, Valeriana officinalis, macht den Arzt überflüssig. — Ferner *Sailli-frou*, »Springfür«, der Frühling; *Follhe-bou* »qui feuille les bois,« Südwind im Lenz; — endlich *Por-dei*, pour Dieu, Bettler; *Sa-pou*, qui sait peu, Weissnix; *arboë* »l'arc qui boit, l'arc boit« der Regenbogen, bei Plautus: »Cras pluet, arcus bibit; *Porta-bouenne* = porto-borne (Grenzstein) Irrlicht; vgl. Hebel's Märcher; *Benin-sein-dei*, béni soit Dieu, unerwartetes Glück; das wunderliche *Tschanta-pllaura*, das sonst auch in romanischen Sprachen vorkommt, franz. *chante-pleure*, span. *cant-implora*, »sie singt und weint«, nämlich die Giesskanne, oder auch der Trichter u. s. w.

Auch das Englische weist schon früh — jedoch nicht im Angelsächsischen, sondern erst im Mittel-Englischen und der Zeit nach der Normannischen Eroberung Satznamen in Menge auf, und zwar sowohl als Eigen- und Personennamen, wie als Gemeinnamen der gewöhnlichen Rede. Jene zuerst, und schon seit den Plantagenets treten Uebernamen auf, die dann zu Geschlechtsnamen werden, wie *Bracegirdle*, *Wagstaffe* (Schwingenstock), *Shakespear, Shakeshaft, Breakspear, Playfair, Treadaway, Standeven, Drinkwater, Scattergood* (Streusgut), *Turnbull.* Eine Lieblingstänzerin des liederlichen Prinzen Edward von Wales 1297 hiess *Maud* (Mathilde, Mechthild) *Make-joy.* Auch die zu Substantiven erhärteten Redensarten fehlen nicht; aus dem 11ten Jahrhundert wird ein John *God-me fetch* angegeben, und denselben Einfall finden wir 1360 in unsrer Nähe, in Freiburg i. Br. wieder: »ein armer Knecht, dem man do sprach *Nime-mich-got«;* er muss nicht der sauberste gewesen sein; denn er wurde der Stadt verwiesen und findet sich 1366 als neuer Bürger *Nüm-got* in Basel wieder.

In die englische Volkssprache scheint aber dieser Brauch erst allmählig einzudringen. Der diese zuerst in Dichtung und Schrift festgestellt hat, ist der prächtige Chaucer (1328 bis 1400) in seinen Canterbury tales. Bei ihm finde ich ausser dem, der französischen Thiersage entlehnten Hahne *Chaunteclere* (kommt auch bei Spencer vor) und dem schon erwähnten *Chantepleure*, noch *coverchief* Kopftuch, *Gardebrace* Armrüstung und *curfew* = *couvrefeu*, die Abendglocke, wo nach Wilhelms des Eroberers Befehl Feuer und Licht musste gelöscht werden — nur zwei Satznamen angelsächsischen Ursprungs, nämlich den Hahn *Trede-foule* Tritt-das-Huhn und *let-game*, a hinderer of pleasure, Wendedenschimpf. — Aber rasch nimmt seitdem die Lust an derlei Wörtern zu. Shakespeare spielt damit aufs behaglichste; er hat: *Lack-brain* Ohne-Hirn; *Lack-beard* Milchbart; *Lack-love* Ohne-Herz; *Pick-thanks* Schmeichler; *Kill-courtesy* Grobian; some *carry-tale*, some *please-man*, some *mumble-news* Zuträger, Verläumder; Doll *Tear-sheet* Reiss-die-Laken, Sir John Falstaff's Phryne, und Sir Oliver *Marplot*, Verwirre den Sinn, »*Irrensinn*« in Nürnberg XIV Jhdt. — Seitdem haben sich eine Menge Wörter der Art ins Englische eingebürgert; ich erwähne aus vielen nur folgende als Beispiele: *Pick-purse* Taschendieb, *Pick-lock* Dietrich, *Pick-tooth* Zahnstocher; *Pinch-belly, -fist, -gut, -penny* Knicker, Küssdenpfennig; *Puff-guts* Dickwanst, bei Rollenhagen *Blähbauch; Slip-string, -thrift* und *Spend-thrift* Verschwender; *Smell-feast* Schmarotzer, vgl. Leckespiz und Suchentrunk; *Smell-powder* Raufbold; *Smell-smock* Schmeck-die-Junte (in Basel verständlich), Weiberjäger; *Spit-fire* Hitzkopf, in Frankfurt a/M. »Spoitz-Deiwel«; *Spoil-sport, spoil-trade* Spielverderber; *Telltale* Anbringer, Zuträger; *Turn-coat* Wetterhan, lat. *versipellis*, niederd. *wendehoyke*; *Turn-key* Schliesser im Gefängniss. Dann *Wag-tail*, wieder die Bachstelze; *cover-clip* die Scholle, ein Fisch; *Lick-stone*, wieder die Lamprete; *Kill-buck* Jagdhund, vgl. den deutschen Geschlechtsnamen *Beissenhirz*, verderbt *Beisenherz*. Ferner: *Save-all* Lichtknecht, in Frankfurt Profitchen; *Slip-on* Ueberrock, Ueberzieher; *Turn-broach, Turn-spit*, Wenddenspiess, Bratenwender, das letztere auch der dazu verwendete Dachs- oder Spitzhund; *Turnpike* Schlagbaum; *Turncock* Wendehahn, Aufseher bei einem Wasserwerk; *Turn-down* Unterer Rand des Briefs; *Turnover* Hemdekragen; *Kiss-me-quick* Ueberwurf der Weiber; *Kill-devil* stärkster Rum u. s. w. wie das aus jedem guten Wörterbuche leicht zu vervollständigen ist. Von einer spätern, unorganischen und künstlichen Bildung werden wir weiter unten zu reden haben.

Auch die slavischen Sprachen, namentlich das Böhmische und Polnische haben diese Bildung. Da ich dieser Sprachen nicht mächtig bin, verweise ich desshalb auf Grimms Grammatik 2, 983 ff.

So gelangen wir denn an die deutschen Satznamen. Da fällt es denn vor allem auf, dass bei uns im Vergleich mit unsern Nachbarvölkern die Satznamen sehr spät auftreten; Dem Gothischen und Angelsächsischen fehlen sie ganz, dem Altnordischen bis auf geringe Spuren. Es scheint, dass bei der reichen Biegsamkeit unsrer Sprache ein Bedürfniss nach solcher mehr oder minder unorganischen Bildung nicht besonders hervortrat, und dass sie lediglich der Lust am Muthwilligen, Neckischen, wie man es am welschen Nachbarn sah, ihr Aufkommen verdanken. Notker um das Jahr 1000 hat *wenescaftôn* den Schaft oder Speer schwingen, merkwürdigerweise schon mit verbaler Flexionsendung. Die Kreuzzüge bieten uns den bekannten *Walther Habenichts*. Wackernagel führt Germ. 5, 300 als ältestes Beispiel aus dem 12ten Jahrhundert *Lechespiz*, Leck-den-(Brat)-spiess, an, als Uebersetzung oder lannige Umdeutschung des lat. *lixa* Marketender. Als Eigennamen treten bei uns die Satznamen gegen unsre Nachbarvölker spät auf. Die ältesten Namen der Art, die ich gefunden habe, sind folgende:

1170. *Fridelant*, Schütze das Land; Name eines Landmannes zu Woringen bei Köln. — Pilgerîn und *Vridelant*, hiessen später zwei »Heerschiffe« des deutschen Ordens in Preussen.

1174. Reimbertus *Scuzsper*; derselbe heisst 1189 *R. Scudesper*, Schüttle-den-Speer, das englische *Shakespeare*, ein Bergischer Edelmann. Sein Geschlecht besteht noch in Hessen, sie nennen sich aber, unverständlicher Weise, Herren von *Schutzbar*.

1189. Wernerus *Houbakke*, ein Schöffe in Brodenheim bei Köln.

1200. Oudalricus *Vellesloz*, Bayrischer Edelmann. Der Name stammt wohl von seinem Amte als Thürhüter eines Fürsten, »Fälle das Schloss« und stellt sich neben italienisch *apri-porta*.

1200. Wichmann *Brechseif* in Köln. *Seife* ist in dortiger Mundart = Schlucht, Gewässer, und der Name vergleicht sich mit frz. *Perce-val, Perce-haie.*

1212. Rutgerus *Vegebosch*, am Nieder-Rhein.

1212. Burcardus dictus *Fleuch*, St. Urban im Aargau.

1225. Cunradus *Scuddepels*, Nassau.

1235. Henricus *Birnescuttele*, verbrenne die (damals meist hölzernen) Schüsseln. Duisburg am Nieder-Rhein.

1237. *Hependip*, Halt-den-Dieb, Edelknecht zu Alzei in der Rheinpfalz.

1238. Cunradus *Ropphane*, Rupf-den-Hahn; Nassau.

1239. *Sezepant*, Setz-das-pfand, Wetterau.

1241. *Lericoph*, in Worms, nicht ein Leerkopf, sondern dasselbe, was 1352 in Frankfurt Eberlin *Lerencruch* und jetzt noch in Stuttgart *Lehrenkraus*, in Basel als Gemeinname *Ler-die-Kandel*, ein freudiger Zecher.

1244. Gerardus *Schadelant*, in Köln.

1245. *Rumescuttele* in Köln, ein später in Norddeutschland öfter vorkommender Name: Raum-die-Schüssel, ein starker Esser.

1250. *Vullescuzela, Fulleschuszele, Füllschüssel*, Edelknechte in und um Oppenheim in der Rheinpfalz.

Und nun nehmen diese Namen in der »kaiserlosen, der schrecklichen Zeit«, unter dem rauf- und sauflustigen niedern Adel und seinen Genossen reissend zu. Es tauchen auf die *Brennewald, Brenneschür* (Brenn-die-Scheuer), *Eilinsfelt, Fellnwalt, Föllnbaum, Feghelm*, aber auch *Fegebank, Fegebeutel* und *Fegesack; Vretendüvel* Friss-den Teufel, 1383 in Göttingen; *Halt-auf-der-heide, Halt-dich-frisch, Henkemantel, Hassdenteufel, Howeschilt*, in Köln 1282,

Hauenschild, Hauschild, Howinstein, Basel 1270, *Hawenpoden* Nürnberg, aber auch Rudi *Hö-wenson* 1360 in Basel; *Hebdenstreit,* in Köln 1293 Herman *Hefstrit, Hebestride* Mainz 1310, *Hebstrit* 1305 zu St. Urban im Aargau. Daneben: *Hebenkrieg, Hebestorm, Hebenschimpf, Heb-einsprunk* und *Hebedans, Höhdenschild* und *Hörant,* dasselbe; *Holenpolts* und *Holewein*; *Ja-genteufel, Jagenmann* und *Jagenbutz*; *Kifhaber* vgl. bei der Hätzlerin: »wiltu kifen haberstrô?« d. h. dich um geringes grämen. (Der Name ist in Ravensburg zu *Kühfaber* geworden!). *Kie-fenbaum* (hat nichts mit der Kiefer zu thun) und *Kiffysen* 1449 in Basel; *Klövekorn,* Korn-klauber, *Kliebenschedel, Klubenschedel* und *Kliebenstein*; *Klebsattel,* ein allbeliebter Zuname kecker Reiter; *Klingenspor, Klingenfuss* und *Klingebeil*; *Leidenfrost, Lydenkumber, Leidemit* und *Leidewol*; *Löschbrand, Leschenprant, Löschefür* und *Loschminne,* (sämmtlich auf Löschen des Liebesbedürfnisses zu beziehen) etc.

Diese adelichen und unadelichen Söldner und Landsknechte finden bald Nacheiferer in dem unsteten Völkchen der wandernden Handwerker und der ihnen damals so nahe stehenden fahrenden Singer und Sager; ich führe folgende Namen an, die nachweislich Schmieden (im weitern Sinne) angehören: *Bschlagngaul, Fürdenschilt, Fürnhelm; Gerbeisen, Gutzinofen,* wohl ein Giesser; *Haueisen,* schon 1359 ein Schwertfeger *Hauyseren* in Köln; *Klingensporn, Klingennagel*; *Lobe-den-Rink, Lobeisen, Lobenschrott; Schellnhammer* (Lass den Hammer schallen), *Slahenrink, Springeisen, Schwingenhammer, Schwingseisen, Schwingsherlein* (Scheere oder Herrlein?), *Hebenhammer, Zwackendistel* und *Zwickennagel ; Springinklê* und *Wattinschnê, Spitzennagel, Springindschmitten, Streckeisen;* Kupferschmiede heissen *Tritt-in-kessel, Stelln-kessel;* und wenn der zugereiste Schmidknecht auf die Herberge kam, musste er, sich als richtiger Schmied auszuweisen, dem Altgesellen drei »Glaubwürdige« (Bürgen) nennen ; sie hiessen: *Peter trifft's Eisen, Fix vor dem Stock* und *Rasch mit dem Balg:* dies freilich viel später. Zimmerleute heissen: *Fürholtz, Hackspan, Kipspan, Vindakes, Klingebeil, Schwing-speihel.* Küfer und Kübler, mittelrheinisch Bender, niederdeutsch Bötticher: *Binddenkübel, Bintenreiff, Setzenraif;* auf der Herberge mit dem »Schleifnamen« *Frissumsonst.* Der Schuster heisst *Lickleder, Lechleder, Zerrleder, Zankenfleck,* aber auch *Lobedensang* 1457 in Strassburg. Eine Köchin heisst 1434 Eva *Sengsprättlin.* Bekannt sind die fahrenden Sänger: *Rumelant, Singûf, Suchentrunk, Suchenwirt, Suchendank, Suchensinn, Hoffetrunk* u. s. w.

Auch der Bauer, dessen üppiges Leben im 13ten bis ins 15te Jahrhundert uns Helbling, Nithart, Wittenweiler's Ring und andre Denkmale jener Zeit so anschaulich schildern, tritt nun, namentlich in den Gegenden, wo es ihm gut ging, in Schwaben, Bayern und Oesterreich in den neuen Brauch ein, und die dramatischen Schwänke des 15ten Jahrhunderts haben uns manche ergötzliche Namen der Art erhalten, von denen ich nur folgende anführe, zwar Ein-fälle des Dichters, oder in munterer Volkssprache als Gemeinnamen gebraucht, aber nachweis-lich auch zu festen Geschlechtsnamen geworden: *Bernewaze* Brenne den Wasen, Moorbrenner,

Braunschweig 1380; *Drischaus*, neben den wohl eher substantivischen Formen *Viltrösche* Basel 1321 und *Alttrisch* in der Wetterau 1344; *Harkstrô* Magdeburg 1405—1501; *Hassdenpflug*; in dramatischen Schwänken *Leckdenspiess*, *Leckenprey*; Gretha *Melk-die-Kuh*; *Rürenmost* und *Rürenprei*; *Scheuchenpflug*, *Scheuchdenwagen*, *Schewendinst* und *Scheuchengalgen*; *Schlintdenspeck* und *Schlindenspeiss*, *Schlickenmost* und *Schlickenwurst* u. s. w.

Die letzten Namen führen uns auf ein weiteres Gebiet. Alle die besprochenen Stände, Ritter, »Halbritter«, Edel- und Landsknechte, Handwerksbursche und fahrende Sänger, sowie der gefrässige und stets durstige Bauer fanden, soweit ihnen solche Namen angehängt wurden, ihre rechte Heimat weniger bei Frau und Kind zu Hause, als bei Saus und Braus, Musik und Tanz und Schlägerei im Wirthshaus oder auf dem Tanzplatz, der »Spielmatte«, wie es in der Schweiz hiess. Daher die Unzahl Namen, welche den »Schlemmer und Demmer«, den flotten Tänzer, den Raufbold, den leichtsinnigen Würfler bezeichnen. Proben davon sind: *Beissenwein* (so noch bei Simplicissimus ein alter *Weinbeisser*), *Füllennapf*, *Raumsglas* 1327; *Rumetisch* ein Wirth, Basel 1393; *Raumenhafen*, Nürnberg 1397 *Raumentegel*, *Raumdiekann*, *Raumauf*; die schon erwähnten *Lericoph*, *Leerenkraus*, *Lerencruch*, *Ler-die-kandel* und dem gegenüber *Füllenapf*, *Füllekrug*, *Füllekrus*, *Füllbauch*, *Füllmagen*, *Füllfesll*, *Füllendrüssel*, *Füllenhals* (in Basel noch als *Vollenhals*); im Thier-Epos heisst der Affe *vulromp* füll-den-Rumpf; *Suchenwin*, *Suchentrunk* und *Findekeller*; *Flickenwanst*, *Rürenpfeffer*, *Schmackbrätlin*, *Schüttenwempel*; *Trinkaus*, *Trinksaus*, jetzt in Carlsruhe mit Sundgauer Aussprache *Trinksüss*; *Saufsgaraus* und *Swentenwein*; *Gysnein* und *Gewsauf*. Norddeutsch sind *Schmeckebier*, *Drinkebor*, *Schluckebier*, *Schlick-das-bier*, *Sparbier* und *Streubier*. Ferner: *Hawenmost*, *Standbidervleschen* und *Prockenslunt*, *Dalpinsmus*, *Guckemus*, *Kikepot* und *Zerhoch*. Der letztere wird wohl oft zum *Streusgut*, d. h. Verschwender geworden sein, (so nannte Kaiser Friedrich III. seinen Sohn Max), wenn auch der Vater vorher ein *Spring-in-dat-gut* und *Platzindasgut* 1381, d. h. ein Glücksvogel gewesen war; noch mehr aber wenn er ein *Schüttenwürfel*, *Leichenwürfel*, *Zwickenwürfel* war. Auf das Saufen aber reimt sich das Raufen! und so stellen sich denn hier neben die edlen altgermanischen Helden- und Reckennamen, wie neben einen Siegfried und Dietrich von Bern der spätere Landsknecht Bruder Veit und der Schweizer-Söldner Heini und Ruodi, Namen wie: *Brichenvrid*, *Griepenkerl*, latinisirt Gryphiander: ein »gebildeter« Bedienter aber meldete einst seiner Herrin einen Dr. *Griepenkerl* als Dr. *Greifdenmann* an; *Habenschaden* und *Habenmann*; *Kriegenneil*, *Roppengast*, *Schadegast*, *Schüntengast*, *Schintenman*, *Schintlenwirtt*, *Schintengast*, *Schintenbuben*; *Schlagdengast*, *Schlahinhauffen*, *Schlagintweit*; *Schreckdengast*; *Schüttenbuben*, *Waschengritz*, *Würgenpaur* und *Würgengast*; schöne Kerle das! und widerlich rohe Namen, die wir nicht mehr wohl vertragen. Schon eher muthen uns die Namen vom *Tanz-* und *Spielplatz* her an, wie: *Fleug-im-tanz*; *Führenkranz*; *Hebenschimpf* und *Hebedanz*, *Hebeinsprunk*, (schon erwähnt), vielleicht *Hebdenring*; *Hupf-in-klee* bei Fischart ein Spiel; ebenso *Kehraus* und

Kehrum; Irrentanz; Klingenfuss; Lobetanz, Machetanz; Machan und *Mackaus; Mach-mich-reich*
um 1450 in Frankfurt a/M. ein Kartenspiel; *Preisendanz; Regenfuss* Nürnberg 1327; *Rördans;*
Schickentanz und *Schickfuss; Swingenvuoz* (ein Tanz), *Schwingdenfuss, Schwingenschuh* und
Schwingenluft; Slahenrink, Springinklee, Springinrink (»Ringschlagen, ein Tanz der eine ge-
schlossene Reihe bildete. »Ringschlagen oder Singen mit Bescheidenheit ist den ledigen Töchtern gestattet, den jungen Gesellen aber verboten«, Ulmer Landpolizei 1777. In Rathsproto-
kollen 1541, 1553, 1554 wird es *Ringspringen* genannt und 1557 den jungen Knaben und
»Töchtern« wieder zugelassen). *Springauf; Trittinklee, Trittherfür;* Henschin *Drit-den-pryss,*
Strassburg 1406; *Wagenfuss* bewege den Fuss. Hieher noch zwei merkwürdige Namen: der
schwäbische Name *Ruggaber, Rackaber, Ruckgaber, Ruckhaber, Ruckaberle, Ruckhäberle,* Rücke-
wieder: ferner *Ruckfür, Ruckherzue* und *Ruckenstuhl. Ruckstuhl* findet seine Deutung in einem
von Fischart erwähnten Spiele: *Rebecca ruck den Stul,* das wir auch in Stalder's schweizerischem
Idiotikon 2, 287 wiederfinden: »*Ruckete-Stuhl,* oder *Vögelin! ruck den Stuhl,* bei welchem die
»Sitze, deren einer weniger ist, als spielende Personen sind, beständig gewechselt werden, und
»wobei die übrige Person, welche keinen Sitz hat, einen zu erhaschen suchen muss; in Deutsch-
»land Kämmerchen vermiethen genannt;« oder vielmehr: *Wie gefällt Dir dein Nachbar?* —
Ferner: der im Elsass, besonders im Sundgau vorkommende Name *Zehley* erinnert alsbald an
das in der ganzen Nord- und Ostschweiz und wohl auch in andern Alamannischen Gebieten
vorkommende, am Ostermontag geübte Spiel des Eierlaufens: ein Bursche muss nach einem
entfernten Ziele und zurück laufen, und unterdessen hat ein Anderer eine Anzahl Eier, die von
dem Korbe oder Zuber aus in immer zunehmender Entfernung gelegt sind, eins nach dem andern aufzulesen und eins nach dem andern, ohne es zu zerbrechen, in den Korb zu legen. Wer zuerst kömmt, gewinnt. In Basel liefen nach Ochs Geschichte von Basel VIII, 75 die Müllerknechte
vom Münsterplatz bis an den »Mäusthurm« der Festung Hüningen. — Dahin mögen auch
Namen gehören, wie *Feigenwinter, Feigenbutz, Jagenbutz.* Feigen heisst *feige* d. h. ursprünglich
todt machen; und der *Butz* ist eine vermummte Schreckgestalt, hier ein »*Butzemummel*« in
Frankfurt *Butzemann.* Die Namen erinnern an die früher so verbreiteten Frühlingsauffüh-
rungen, wo der Kampf zwischen Winter und Sommer vorgestellt, und der Winter regelmässig
todtgeschlagen und ins Wasser geworfen wurde.

Alle bisher betrachteten Namen sind nun ohne Zweifel dem, freilich ursprünglich von
aussen her angeregten Volkswitz entstanden und spiegeln von Jahrhundert zu Jahrhundert den
jeweiligen Geist, der im Volksleben waltete. Schon frühe aber benützten auch die Dichter
die so fügsame und dem Bedürfniss des Augenblickes sich anschmiegende Bildung: sie nahmen
nicht nur aus dem Volksleben auf, was gerade in ihren Kram passte, sondern schufen auch
selbstständig zu ihren Zwecken mitunter recht anmuthige Gebilde. So übersetzt schon Wolf-
ram von Eschenbach im Titurel den französischen Namen des Hundes *Gardivias* mit *huet-der-*

verte; und von nun an sehen wir sie, namentlich in der komischen und didaktischen Dichtung stets zunehmen und sich zugleich im Sprichwort einbürgern. (Die letztern hat C. Schulze in Herrigs's Archiv XLIII, 1 fleissig gesammelt; schweizerische O. Sutermeister). — Nithart, Freidank's Bescheidenheit, die Regula Selphardi, Helbling's Helmbrecht, dann die spätern, die Fasnachtsspiele des 15ten und 16ten Jahrhunderts, besonders Wittenweiler's Ring und Manuel's Schwänke, (Hans Sachs schon weniger), die Liedersammlung der Hätzlerin, der Reinecke vos, Rollenhagen mit seinen kostbaren Maus- und Froschnamen und vor allem der unerschöpfliche Fischart liefern reiche Ausbeute an witzig und kühn gebauten Namen. Der letzte namentlich übt mit Behagen die freilich schon früher aufgekommene Kunst der Umdeutschung (vgl. Wackernagel's Abhandlung darüber), und wie schon im 12ten Jahrhundert aus *lixa* das ähnlich lautende *Leche-spis* wurde, wie das 14te Jahrhundert den Zauberer *Clincheour* »der Lüsterne,« in *Klingsohr* umdichtete, so finden wir jetzt für Bischof, *Bisschaf* und *Frisschaf; Fiskal* wird *Frissgar;* so übersetzt noch Zinkgref den Cherusker Segestes in *Sig-hast,* den Friesen Bojocalus in *Woghals,* den Bataver Civilis in *Siegviel.* Das sind Witzspiele; aber auch echte alte deutsche Personennamen wurden, weil man ihren Inhalt nicht mehr verstand, zu Satznamen umgedeutet: aus *Irnvrit* wird *Ehrenfried* oder *Irrenfrit;* und ebenso *Erenbrecht* zu *Erb-recht; Glauperaht* der Geistglänzende wird zu *Glaubrecht* oder *Klauprecht: Liutperaht* oder *Liubrecht* zu *Liebrecht,* vielleicht *Lebrecht; Alawin, Halewyn* zu *Holwein,* vielleicht *Holbein; Werneking,* die doppelte Verkleinerungsform von Wernher (Wernek-ing) zu *Warnkönig;* der wälschTiroler Name *Tunicotto* wird zu *Thunichtgut* umgedeutscht, und dann von Maria Theresia anstandshalber zu *Thugut* aufgebessert.

Bisher haben wir nur von Personennamen gehandelt; es kommen aber hier noch ganz andere Begriffsgruppen in Betracht. Den natürliche Mensch legt allen Dingen um ihn her seine eigenen Triebe, Liebe und Hass bei, er macht sie zu Personen, wie er selbst ist. Was in der Natur an furchtbaren oder freundlichen Kräften um ihn her brauset und tobet, wirket und webt, wird ihm zum furchtbaren Riesen, zur freundlichen Elfe oder zum bald neckischen bald dienstlichen Kobold. Das befreundete oder feindliche Thier wird zum Freund oder Diener, oder aber zum Feind, die Blume zur helfenden heilenden Fee, die treue Waffe, die feste Burg, das Schiff, das helfende Geräthe wird zum lieben Gefährten, und selbst die auf dem Heerde siedende und brodelnde Speise, so wie der neckische Geist des Weins und Bieres reden zu ihm ihre verständliche Sprache und werden darum auch seinerseits angeredet, wie Nachbar Hans und Kunz, wie diese benannt. So nennt der Engländer eine Menge Geräthe und Werkzeuge *Jack,* die Spinnmaschine *Jenny.* Demgemäss finden wir im Deutschen wie in den romanischen Sprachen eine Menge Satznamen für solche nicht persönliche Dinge. Ich führe einige Beispiele an.

Riesen: *Schelledenwalt, Rümenwalt, Fellewalt, Eilebeute* und *Raubebald* in Luthers Bibelübersetzung; *Schinddenhengst,* Nordwind und das schon erwähnte romanische *Follke-bou* Südwind im Lenzen; *Oesenwalt, Schreckenwalt, Rinne-den-walt,* hierher auch: *Dwingelant,* Name des Winters.

Teufel: *Welzebueg* (Beelzebub), *Weckenzorn, Wattensturm, Schorbrant,* modern der *Gott sei bei uns.* Dem Teufel geht es, beiläufig gesagt, in den deutschen Satznamen ebenso schlecht als im Mährchen, wo er stets gefoppt wird und den kürzern zieht; man urtheile: *Bitdendüvel,* im Aargau *Deubelbeiss, Fegenteufel, Fressenteufel, Hassenteifel, Jagenteufel, Schiedendüvel* (jedenfalls nicht »Scheue-den-Teufel«, sondern etwas ganz anders), *Schlagenteufel, Schrekkendüvel, Stichdenteufel,* auch *Stichdenbock, Hack-den-tüfel, Reunteufel* und, elliptisch, *Durnteufel.*

Geister, Kobolde: In Bechsteins Märchen heissen drei zauberische Hunde: *Bringspeisen Zerreiss'n, Bricheisen;* der bayrische *Klaubauf,* anderswo Knecht Ruprecht; der Zwergenkönig *Zuckmantel.*

Thiere werden im Deutschen, namentlich in der Volkssprache seltener mit Satznamen benannt, als in den romanischen Sprachen; vielleicht weil gerade diejenigen Thiere, welche zu solcher Bildung vorzugsweise herausforderten, schon von der uralten Thiersage her charakteristische und bedeutsame Personennamen führten, wie *Brun* der Bär, der Wolf *Jsegrim,* der Fuchs *Reineke, Markwart* der Häher u. s. w. — Nur wenige volksthümliche Thiernamen finden wir daher bei uns: ausser der überall vorkommenden Bachstelze, griech. *Seisoúra,* lat. *motacilla,* franz. *hoche-queue;* ital. *batti-coda,* engl. *wagtail,* und endlich niederdeutsch *wach-stert, Bachstert;* noch in unsrer Nähe am Vierwaldstätter-See die Mewe, den »Alenböck« des Bodensee's, der an beiden Orten, seiner Zudringlichkeit wegen, schon vor Alters *Holibrod, Brothöle.* der Bettler heisst; ferner den *Wendehals.* Dann wäre der Hund *Fassan, Packan, Passauf, Treibzu* zu nennen. Aber neben den romanischen und englischen *cassa-logne* Nusshäher, franz. *casse-noix, allaite-bagna* Alpenmolch, *Allaite-Tsivra,* frz. *tête-chevre* auch *chasse-crapaud,* Nachtschwalbe, Ziegenmelker, *Peka-bou* Specht, *Peka-botton* Blutfink, *Perça-pierre* Neunauge; frz. *brise-os* Fischadler; *gobe-mouches* Fliegenfänger, *chasse-merde* Strandjäger; *coupe-bourgeon* Knospenkäfer, *Taille-vent* Seemewe; engl. *Turnspit,* Bratenwender, auch Dachshund oder Spitz, *Lickstone* Lamprete haben wir keine entsprechenden deutschen Satznamen. Erst im 15ten und namentlich im 16ten Iahrhundert bilden die Dichter aus Lust am Muthwilligen Satznamen für Thiere: Fischart seine bekannten Flohnamen *Schneikinsthal, Pfetz-si-lind, Beishart, Zwicksi, Hauindschramm, Hupfimstroh, Schlagin, Bortif, Ruckhinan, Wesdensän* u. s. w. und Rollenhagen im Froschmeussler die Mäuse *Achtseinnicht, Luginloch,* die Frösche *Blehbauch, Hupfauf, Hupfinsholz, Rœhrdendreck,* den Wolf *Dürsteblut* und den Affen *Bitelûs.* Doch hat auch Reineke vos schon die Krähe *Merkenowe* (Merk-genau) und den Raben *Pluckebüdel* Pflück-den-Beutel.

Etwas reicher, doch bei weitem nicht so wie die romanischen Sprachen, sind wir an imperativischen Pflanzennamen. Neben den bekannten *Vergissmeinnicht,* auch wohl *Denkan-*

mich, dem Kraut *Rühr-mich-nicht-an,* niederdeutsch *Krud-rege-mi-nig,* Impatiens noli-tangere und den ebenfalls niederdeutschen *Kiek-dörn-tûn* Guck-durchn-Zaun, der Gundermann, *Klimop* Epheu, dem *Jagenteufel,* Johanniskraut, erwähne ich besonders die allerliebsten Blumennamen, die in der Liedersammlung der Hätzlerin vorkommen, wie *Habmichlieb, Freudichmin, Huckauf-diemagd,* und namentlich das vieldeutige Kräutlein *Schabab,* mit dem die Jungfrau dem zudring-lichen Bewerber seinen Korb gab. Es ist der Name verschiedener Pflanzen, die erst im Spät-sommer blühen, wo es also mit Lenz und Liebe *Schabab* ist.

Bekannt sind die allerorten vorkommenden Namen von Festen und Thürmen in impera-tivischer Form: die *Luginsland, Schüttenhelm, Schreckdenqast, Zwing-Uren, Trutz-Frankfurt, Trutz-den-Kaiser* in Heidelberg, *vridelant,* das sich als Städtenamen in verschiedenen Gegenden findet. Die Pfalzgrafen bei Rhein nannten Jagdhäuser: *Murr-mir-nicht-viel* und *Lach-mich-an.*

Speis und Trank sind des Menschen Freund und halten Leib und Seel zusammen und werden darum von ihm freundlich angeredet und begrüsst: *Juckauf* und *Pfützauf* der Auflauf; dicke Knödel, an denen man sich leicht überisset, heissen in Franken der *Hütes,* Gott-behüte es oder uns; das Abschiedsmal, das man dem austretenden Gesinde gibt, heisst in Thüringen der *Scheidweg,* dasselbe in Basel bei den Wäscherinnen *Scherdifurt.* Liebesträuke heissen *Gang-mir-nach, Lauf-mir-nach.* Aber noch viel fruchtbarer hat sich der Volkswitz bei der Benen-nung von Getränken erwiesen: Weine heissen *Netzengumen, Ruckdenheinzen, Kutzelgumen,* und von Biernamen hat man lange Verzeichnisse, aus denen ich nur einige Namen anführe: *Wehre-dich, Singewohl, Schreckegast, Leertasche, Schleppenkittel, Krabbel-an-die-Wand, Reissekopf, Bit-den-Keerl, Stört-den-Keerl, Schüttekappe* u. s. w. Die feinsten sind diese Namen nicht, auch entstammen sie wohl meist der Rohheit des 16ten und 17ten Jahrhunderts. — Hier neu ein-geführt (am Spital) ist der niederdeutsche *Knickebein,* Branntwein mit Ei.

Wir kommen zur Betrachtung der **grammatischen Form** der Satznamen und diese wird am sichersten erhellen, wenn wir die Art ihrer Entstehung kennen. Dazu verhelfen uns einige artige Sagen, Geschichtchen und Schwänke, die, so wenig sie urkundlicher Natur sind, doch auf die Erklärung so mancher Vorgänge im Volksleben helle Lichter werfen.

1. Die »Landstörtzerin Courage« eine Weile des Simplicissimus gute Freundin, die durch-triebenste Bübin und zuletzt Zigeunerkönigin, heiratet im 16. Capitel ihrer Selbstlebensbe-schreibung als fünften Feld-gemahl einen Musketier, den bekannten *Springinsfeld,* der über die Massen in ihre Schönheit und Heldentugend verliebt ist; aber unter Bedingungen, welche sie zur unumschränkten Herrin im Haus oder vielmehr Zelte machen, ihn aber zum Knecht und armen Tropf. — »Damit er auch solcher Schuldigkeit sich allezeit erinnern möge, solte »er zum sibenden gedulten, dass ich ihn mit einem *sonderbaren Namen* nennete, welcher Nahm »aus den *ersten Wörtern des Befehls* genommen werden solte, womit ich ihn das erste mahl »etwas thun heissen würde.« Der lautet aber: »*Spring-ins-feld* und fange unsern Schecken!

»der Herr Fähndrich wolte ihn gerne bereuten, und uns denselben abhandeln und gleich »paar bezahlen.«

2. Die Stürme des 30jährigen Krieges jagen den Simplicissimus und seinen Spring-insfeld auseinander und durch alle Ecken des heil. Römischen Reichs. Nach langen Jahren tritt vor Simplicissimum im Wirthshause bettelnd ein abgerissener alter Stelzfuss mit einer Geige. Simplicissimus: »Landsmann, wo hastu dein anderes Bein gelassen?« — »Herr,« antwortete dieser, »in Candia.« Darauf sagte jener: »Das ist schlimm!« — »O nein, nit so gar schlimm!« antwortete der Steltzer, »dann jetzt freurt mich nur an einem Fuss, und ich bedarff auch nur einen Schuh und einen Strumpf« — »Höre,« sagte der im schwarzen Rock ferner, »bistu nit der *Springinsfeld?*« — »Vorzeiten,« antwortete dieser, »war ichs; aber jetzt bin ich der *Steltzvorshaus*, nach dem gemeinen Sprichwort: Junge Soldaten, alte Bettler« u.s.w.

3. Musäus erzählt bekanntlich auch das Märchen vom Grafen von Gleichen, wie dieser von der schönen Sultanstochter Melechsala aus der Sklaverei befreit wird, wie er sie dann entführt und, mit Einwilligung des h. Vaters, zu seiner lieben alten Gattin, als recht-mässige zweite Gemahlin heiratet. — Als die Flüchtlinge nach Venedig kommen, redet ihren treuen Knappen, den Schicksalsgefährten des Grafen, den flinken Kurt, ein deutscher Lands-mann an: es ist ein Bote der deutschen Gräfin Nr. 1, der sich nach dem verschwundenen Gemahl umthun soll. Da er den Kurt in verdächtig zudringlicher Weise ausfragt, antwortet dieser vorsichtig und ausweichend, unter anderm:

Frage: «Wie heissest Du?«

Antwort: Springinsfeld   Grüsst mich die Welt.
          Ehrenwerth   .   Heisst mein Schwert.
          Zeitvertreib   Nahmt sich mein Weib.
          Spät es tagt   Ruft sie die Magd.
          Schlecht und recht Nennt sich der Knecht.
          Sausewind   Tauft ich mein Kind.
          Knochenfaul   schelt ich den Gaul.
          Spornenklang   heisst sein Gang.
          Höllenschlund   Lock ich den Hund.
          Wettermann   Kräht mein Hahn.
          Hüpf' im Stroh   heisst mein Floh.

Nun kennst du mich, mit Weib und Kind und all meinem Hausgesind.

Das hat Musäus nicht erfunden. Hat er es aus dem Volksmunde? aber woher?

4. L. Tieck in seinem »Dichterleben II, Shakspeare, in Novellenkranz für 1831 S. 103 lässt Shakespeare's Vater dem Grafen von Southampton erzählen: »Denn erfahrt, dass mein Urgrossvater auf dem Schlachtfelde zu Bosworth von jenem Heinrich VII, der den Tyrannen

Richard besiegte, wegen seines tapfern Streitens den Adel empfing. Heinrich schenkte diesem tapfern Kriegsmanne, der ihm so wacker beigestanden hatte, auch Geld und Gut, und so war er ein wohlangesehener Mann geworden, von dessen Vater in unsrer Familie sich keine Sage oder Nachricht mehr befindet. Das aber hat seine Wahrscheinlichkeit, dass unsre Vorfahren ehemals *Green* sind genannt worden, deren viele noch hier in Warwickshire, einige sogar in Stratford leben . . . . Es scheint wohl, wie es auch die Sage berichtet, dass dieser Name *Schüttelsper, Shakespeare* als ein bezeichnender, weil er sich wahrscheinlich mit dem Lanzen- kampfe ausgezeichnet hatte, meinem Urgrossvater ist gegeben worden.«

Auch Tieck hat hier offenbar aus einer ältern Quelle geschöpft: ich kann sie nicht angeben.

5. Deecke, E., in Lübische Geschichten und Sagen, Lübeck 1852, erzählt S. 36: »Im »Jahre 1222 kor man etliche zu Rath, darunter auch Herrn Bertram *Morgenweg.* Dieser ist »anfangs ein armer Knabe gewesen, der von seinen Eltern nichts gewüsst. Sein Herr, dem er »einige Jahre gedient, liess ihn aber täglich eine Stunde in die Schule gehn, und pflegte ihn »öfter zu fragen, wann er einmal weg wollte, um sich in der Welt zu versuchen? Immer war »die Antwort: »*Morgen will ich weg*«; so dass der Herr endlich zu ihm sagte: »Du magst wohl »ein rechter *Morgenweg* heissen.« Der Knabe wird zur Reise nach Riga verlockt . . . . »und da seine Zeit und Gelegenheit vorhanden, steht er Morgens früh auf, schlägt im Hause »die Tischdecke ein wenig zurück und schreibt mit Kreide auf den Tisch: »*Morgenweg ist all* »(d. h. schon) *weg.*« Damit geht er hinaus nach dem Schiff und segelt davon. Er wird in Russland reich, kehrt nach Lübeck zurück, heiratet des alten Herrn Töchterlein, wird Raths- herr und stiftet Klöster und Armenhäuser. — Dieser Bertram *Mornewech* findet sich urkund- lich 1271 und 1282, und der Name kommt als Martin *Mornhinweg* der Snyder in Strassburg 1460, in Carlsruhe und Stuttgart als *Mornhinweg, Morhinweg* und *Morgenweg* noch heute vor. Eine ähnliche Bewandtniss mag er haben mit: »Spœrlin, Alt-Herren-Küfer, dem man do sprichet: *do-bleib-ich-nicht*« Basel 1648. Der Name kommt auch als *Bliebenicht* in Lübeck, *Blivernicht* in Hannover vor. Aehnlich: *Blib-im-lande* der Sporer, Basel 1376.

6. Zinkgref in seinen Apophthegmata I, 179 berichtet von Herboldus *Gutegotus*, Abt zu Murhart in Würtemberg, der um 1473 gelebt. Er war ein lebhafter Mann, und pflegte seine Antworten mit einen »*Bots gütiger Gott*« einzuleiten; »dannhero ihm sein Zunamen ent- sprungen.«

7. Graf Ulrich von Wirtemberg, † 1480: »Ain starkber frohlicher hoflicher Furst ge- nannt *Gots Nieswurtz*, das was sein Spruchwort, hat gern gejagt und paist, ist ain rechter Frawenmann gewesen.« Stælin wirtembg. Geschichte 3, 598. anm. aus Lad. Suntheim bei Oefele 2, 593.

8. Jeder Leser des trefflichen schweizerischen Dichters Jeremias Gotthelf kennt seine köstliche Berner-Bäuerin Anne-Bäbi *Jowäger* (Ja wahrlich). Aehnliche »Dorfnamen« werden

mir aus verschiedenen Orten der Schweiz — der Name derselben thut nichts zur Sache — in reicher Zahl mitgetheilt, und zwar mit bestimmter Angabe, dass sie von Redensarten herrühren, welche dem Träger oder dessen Vorfahren eigenthümlich waren. Der *Händ'r-m-s-gseit* habt ihr's ihm gesagt; der *Däwäg*, ein Schulmeister, der die Buben, wenn er ihnen die Weisheit und Tugend a posteriori beibrachte, stets versicherte: »i will dr's *däwäg* (den Weg) zeige; der *Dütü*, ein Stotterer, der stets so zu reden anfing; der *Müms*, einer der stets so sagte statt Nimm's; *Morgess*, ein Schwabe, der dies dem Volke ungewohnte Wort (Morgens) brauchte; die Mundart fordert dort *môrä'*; und viele Andre.

Die hier vorgeführten Fälle weisen uns darauf hin, dass wir es bei der Bildung der Satznamen mit zwei deutlich geschiedenen Vorgängen zu thun haben.

A. Im ersten Falle entsteht der Name aus einem Satze, einem Zurufe, der an den künftigen Träger des Namens gerichtet wird und an ihm hangen bleibt, ob dies nun ein Befehl sei, oder ein Wunsch oder ein Urtheil: Namen aus Zuruf, eigentliche Satznamen.

B. Im andern Falle greift die den Namen ertheilende Umgebung einer Person eine dieser eigenthümliche Redensart auf und benennt sie danach, wie einen andern nach dem eigenthümlichen Gang, nach der Farbe seiner Haare, dem schelen Blick oder was dessen mehr ist: Namen aus der Redensart, der Interjection, Interjectionsnamen.

Bei beiden Gruppen finden wir sehr verschiedene Bildungen.

A. Wir betrachten zuvörderst die eigentlichen Satznamen. Diesen liegen dreierlei Satzformen zu Grunde: am häufigsten der Befehlssatz.

I. Die Imperativnamen, Zuruf- und Befehlsnamen, und zwar in folgenden Arten:

a. Ein transitives Verb regiert den Akkusativ eines Substantivs, wie *Hassdenpflug, Scheuchenstuel.* Die ältere Sprache verbindet Verb und Objekt ohne Artikel, vgl. *Lechespis, Scudesper, Blendehane, Neisekorn, Birnescuttle, Rumescuttle;* ferner: *Brenneschink* 1282, *Bürneschür* 1346, *Velleslos* 1200, *Vridelant* 13. Jahrhundert, *Howeschilt* 1282, *Hebestrit, Rûmegasse, Rûmelant* 13. Jahrhundert, *Störtebeker* 1402, *Wibelôre* 1254, *Wendischats* 1266, *Wetzerant* 13. Jahrhundert. Aber bereits Neidhardt, Seifried Helbeling und Wernher der Gartener und ihre Zeitgenossen schieben den bestimmten Artikel ein, bald vollständig, bald zu *en* oder *s* abgeschliffen, so in: *Brichenvrid, Brichdenlib, Hebenstrit, Müschenkelch, Oesenwalt, Rûmeslant, Rûmenwalt, Schellenwalt, Slintezgeu, Slickenwider, Spiczennagel, Strütensac, Weckenzorn.* Das 15te und 16. Jahrhundert schreibt den Artikel meist vollständig aus, wie in *Wagdenhals, Stupfdiestuten, Streudasgütlein, Beileinweil* u. a. Anstatt des Substantivs steht mitunter auch ein Nichts wie in *Frissnichts, Habenichts, Lachnitz,* oder ein unbestimmtes *es* oder ein andres Pronomen wie in *Nims, Thuessgern, Trinksaus, Wags; Frissinweg, Ruckmich.*

b. Reflexive Formen, wie *Siehdichum, Thudichum, Wehrdich; Irre-sich-selben, Trug-sich-selben.*

c. Verben mit ergänzendem Genetiv oder Dativ oder deren präpositionellem Ersatze: *Achtseinnix, Freudichmin, Denkanmich; Gang-mir-nach, Lauf-mir-nach; Thumweh, Tümernit, Traugott.*

d. Verben mit irgend einer adjectivischen Ergänzung wie *Bleibtreu, Machlieb, Machreich Werdeguth.*

e. An den Imperativ tritt, durch eine Präposition verbunden, eine substantivische Bestimmung des Orts oder der Richtung wie *Trittinkessel, Wattinschnee, Haltaufderheide, Hupfaufdleut.* Merkwürdigerweise kommen, die Wörter *Denkdran,* und die ganz willkührlich gebildeten *Standbidervleschen* und *Steltzvorshaus* ausgenommen, ausschliesslich nur die Präpositionen *in* mit Akkusativ und Dativ und sehr selten *auf* vor. — Die Präposition wird oft verschliffen, ja unkenntlich: vgl. *Springinsfelt, Springsfeld, Springefelt; Springindschmitten,* aber *Springmühl* und *Sprinkstub.*

f. Ort, Richtung oder Weise der Thätigkeit wird neben dem Verb durch ein entsprechendes Adverb oder eine adverbial gebrauchte Präposition bezeichnet. Auch hier zeigt sich eine auffallende Beschränkung auf gewisse Wörter. Es werden solche Satznamen besonders gebildet mit:

recht: Bau-, Erb-, Lebe-, Glaubrecht, Rechtglaub.

wol: Gerate-, Lebe-, Hüte-, Kenns-, Schicks-, Sitz-, Tantz-, Kochwol.

übel: Fluoch-, Kerb-, Lig-, Scher-, Sichübel; Uebelhör.

gern: Gnes-, Lach-, Lebe-, Schrei-, Tatz-, Wandelgern.

nicht: wie denn auch bei der Vorsilbe *un* der verneinende Ausdruck häufig in verstärkender Weise gebraucht wird: Bliebe-, Fürchtenicht, Hylpnicht, Lache-, Liebe-, Schaffe-, Säume-, Stosse-, Trauernicht, Thunichtgut, Zippernicht.

Von adverbialen Präpositionen kommen am häufigsten vor:

ab: Howaf, Schabab, Kehrab.

an: Gryfs-, Leg-, Nach-, Pack-, Kleban.

auf: Buckup, Bind-, Fahr-, Gam- oder Gaum-, Gang-, Gews-, Guckauf, Greifdrauff, Hack-, Huckauf, Holup, Hör-, Huss-, Hupf-, Juck-, Kauf-, Klaub-, Kreuch-, Lug-, Pfütz-, Raff-, Raum-, Ring-, Rückauf; Rürup; Slahuf; Sluckup; Schnappuf, Schüttauf. Singuf, Spring-, Triff-, Weckauf, Werpup u. a.

aus: Fahr-, Flieg-, Grein-, Halt-, Hol-, Hoss-, Lad-, Mach-, Reg-, Reiss-, Sauf-, Schenk-, Trinkaus.

ein: Gysnein, Hupfein, Thurein, Beissdrein, Trappdrein,

vor: Ruckfür; Vorbring, Vorlauf.

um: Fahrum, Göhrum, Sitzum, Kortum, Jahrum, Ummmenthum.

zu: Bringezu, Tribzuo; Hauto, Hacketau, Schlatau; Grypto; Zubring, Zulauf, Zureich.

g. Es giebt eine ganze Menge Namen, die offenbar aus einfachen Imperativen entstanden sind, wie *Burkart mit dem Zuonamen *Fleuch* im Aargau 1212; der in Appenzell sehr verbreitete Name *Schiess* hiess früher *Scheuss.* Tobler b. Wort Zellweger. Ebenso hat Suchensinn um 1400: *Suche* ist geheissen myn hunt, der lange hat gesuchet. Wackernagel, Germ. 4, 148. Wie in den zwei ersten Beispielen sich die alte Imperativform erhalten hat, so auch in *Flaig, Fleig, Flieg* (Breisgau), *Floiss* (Steiermark); *Huisch, Heusch* (Schwarzwald); *Jeuch* (Aargau); *Schaich, Scheich, Scheuch, Scheu* (Schwaben); *Steub, Staib, Steib, Stieb* (Schwaben); und neben diesen stehen eine grosse Anzahl, die wohl auch hierher gehören, z. B. *Bau, Bieg, Brumm, Drück, Eyl, Fieg, Find, Flick, Friss, Fuhr, Horch, Kapf* (Gaffe), *Huck, Hopf, Hupf, Kick, Klopp, Murr, Rathe, Renn, Schick, Schlag, Schleif, Slupf, Schmeck, Schrey, Schreib, Schrenk, Schurgg* (schiebe), *Schweig, Schwenk, Schwing, Sprich, Spring, Stich, Trabe, Walte, Wanke, Zer, Zeug, Zuck, Zünd.* Bei vielen Namen der Art ist es aber sehr zweifelhaft, ob ihnen nicht ursprünglich substantivische Formen zu Grunde liegen. Der Name *Binde*, Bern 1269, ist z. B. kein Imperativ, sondern gehört zu dem alamannischen Substantiv *Binde*, Binder, das uns auch in *Fassbind* begegnet; *Deck* zu der *Teko* Decker; *Triege, Trieg* zu dem gleichnamigen Substantiv Mhd. wb. 3, 105. — Was ich aus den Pluralischen Formen *Hoffet, Redet* machen soll, weiss ich nicht.

h. Neben vielen imperativischen Satznamen, deren Wortstellung dem heutigen Gebrauche gemäss ist, indem das Objekt dem Verbum nachfolgt, finden sich viele bei denen umgekehrt das Objekt vorangeht; es scheinen eigenthümlich deutsche Gebilde zu sein: so ndd. *Bildendüvel* und schweizerisch *Deubelbeiss; Bringezu* und *Zubring; Habedank* und *Dankhab,* ja *Dankhabt;* neben *Haltmichfest* bei Fischart Dr. *Bärenhalt;* neben Nithart's *Hengentriel* das gleichbedeutende *Mundhenk* Berlin; *Howaf* Lübeck 14tes Jahrhundert. und *Abhau; Klövekorn, Knövekorn* und *Haberklieb; Laufmirnach* und *Nalop, Vorlauf, Zulauf, Umlauf; Oesenwalt* und *Lantöse; Waldschew* und *Treuschew* neben *Scheuchenpflug; Schintenwolf* neben *Huntschinde* subst.; *Slintezgeu* und *Lemberslint* subst.; *Schreckenfuchs* und *Hasenschreck; Schwendewein* und *Waltswende* subst.; *Sich-übel, Sihe-sur* und *Übelhör; Hiestand* und *Standfest; Suchentrunk* und *Guldensuch* subst.; *Wendunmuth* und *Trauerwendt; Zehley* und (nach Musäus Auffassung) *Rübezahl; Dwinghelant* und *Landtwing* subst. u. a. m.

Hierher stellt Grimm gr. 2. 961 *Zeitvertreib, Leitvertrip* (unser Verzeichniss fügt hinzu: *Mannvertrib* und *Lantvertrip* Bas. 1360 und 1380); *Glockenbôz* (stoss an die Glocke) und *Fidelnstôz* (Streich die Fiedel). — Auch hier ist es, wie bei den einfachen Imperativen, oft schwer zu entscheiden, ob man mit einer wirklichen Imperativform zu thun hat, oder mit substantivischen Formen. So stellt sich neben *Feltprech* Nürnberg, *Weinbrech* Freiburg und die Pflanzen *Ochsenbrech* und *Steinbrech* französisch *cassepierre*, engl. *Breakstone* das gewiss substantivische *Zügelbrèche* zügelloser Mensch, Mhd. wb. 1. 242; neben *Brichenwrid* ebenda *vridebrèche*; neben *Drischaus, Trösch, Alttrisch* Wetterau und *Viltrösche.*

i. Bei einer Anzahl älterer Namen ist offenbar der hinzugedachte Imperativ ausgelassen; es sind, wie die entsprechenden romanischen Namen beweisen, Ellipsen. Die Namen *Durtembusch* St. Goar 1271, *Durch-den-pusch*, ein »Halbritter« bei der Hätzlerin, *Durchenbus, Durrenbusch, Durchdenbusch* Frankfurt 1291—1367, »Claus *durch-den-busch* all tag ussrüt, das er erschnapp ein gute büt«, und *Durchdenwald* Basel 1407 entsprechen ganz den französischen *Perce-bois, Perce-forêt, Perce-haie* gr. 2, 982 und dem deutschen *Brechdenbusch*; und so stellt sich das österreichische *Durentewffel* neben *Bitdendüvel, Frissenteufel, Jagenteufel, Schiedendüvel, Stichdenteufel* und *Hackdentüfel.* So mögen sich zu *Durrsmaul, Durchdenkopf, Durnbank* Nbg., *Durrehoubith* Bingen 1256, entsprechende Satznamen finden, sowie zu folgenden: Wigant *Auff-den-man, Nadenbusch* Basel, *Nahus* Lübeck, 14. Jahrh.; mit Cunrat *Ywerenheiden* Schwäbischer Edelknecht 1444 und ndd. *Overheid* vergleicht sich *Haltaufderheide*; *Wildenwelt* Basel 1393 und *Weitinsland* Nürenberg erinnert an *Morneweg* und *Furinslande*; an obiges *Durnkopf* die Basler Namen *Kopfentzwei* 1315 und *Mittentzwei*; Peter *Lut in das Lande* der Weberknecht, Basel 1378. Viel häufiger aber als diese zusammengesetztern Formen sind in Namen die einfachern elliptischen Zurufe: *Baldauf, Gleichauf, Frischauf; Früeauf*, wie *Baldauf* Namen von Bergknappen, in Gastein 1434, *Früy-uff* von Habsperg, unter Sundgauer Adel 1386; *Früenauss* Graubünden, in Oesterreich *Frunaus*; *Fortdran* und *Gägauf* in Zürich, *Fortdran* Augsburg, *Garnaus, Garnus* Bas., *Garaus* Nbg. — *Fürsich*, Edelknechte in Pruntrut 1355 erinnert an den Marschall *Vorwärts*, indem *Fürsich* in der Mundart dort dieses bedeutet. Dahin gehören wohl auch *Schachtrupp*, den Schacht herauf, in Osterrode; *Rock-ut* Lübeck 14. Jahrh, *Hotop* Cassel und *Hodapp* Freiburg i/B., *Kappauf*, so wie die mörderischen Namen *Orab* Bas. 1415, *Halsabe* zu Gaiberg 1381, *Rumpfum* Bas. — *Maus-an-Maus* Nbg. ist wohl ein Ringer gewesen, *Aldahin* Bas. 1347 ein Verschwender; »*Snakfordan* so heet min man«; in Holstein Gesindename. Gr. Märchen 3, 224.

II. Dass eine ganze Anzahl hierhergehöriger Namen aus U r t h e i l s s ä t z e n entstanden ist, belegt Grimm gr. 2, 963 mit *Taugenichts*, frz. *vautrien*, und niederl. *deugniet* »er taugt nichts.« Aus den romanischen Sprachen sind hierher noch anzuführen: frz. *Meurt-de-faim* Hungerleider *va-nu-pieds* Barfuss und aus dem Patois das schon erwähnte *arboë*, l'arc boit, der Regenbogen, *sapou* = Weissnichts. — Unsre Geschlechtsnamen liefern einige hierher gehörige weitere Beispiele; häufiger aber sind solche Ausdrücke zu Gemeinnamen geworden. Die Lübecker Mundart kennt einen Hans *Hetnix* und Hans *Kriegtnix*, die Schweizerische einen *Ka-nyt* Kannichts. Oesterreich bietet die Geschlechtsnamen *Waisnix*, *Weissgut*. In Schwaben nennt man *Kennswol* einen Bekannten oder eine bekannte Sache. — Oft wird das Urtheil ironisch im Conditionalis ausgesprochen. »Der *Wersgern* (Gerngross) ist es eben nicht, und der *Hüttgern* (Gödeke 506) hat es nicht.« »Der *Hett-i* und der *Wett-i* (hätt' ich und wollt' ich) sind brüedere gsi und het keine nüt gha.« (Schweiz). »*Hetich* ist ein böser Vogel, *Habich* ist ein guter Vogel.« Seb. Franck, Sprichw. Bl. 193. Doch gehört dies wohl eher zu der folgenden Gruppe.

B. Wir gehen über zu den Namen, die aus einem Ausruf, einer angewöhnten Redensart, einer Interjection entstanden sind.

1. Eine Person führt häufig eine Redensart im Munde, diese bleibt dann gerne als Namen an ihr hangen. An das obenbesprochene *Blievenicht* und *Morneweg* reiht sich *Heuthinwegk* bei Fischart, *Mornzenaht* Endingen 1346; *Morgenfrue* Nürnberg. (Ja, morgen früh! heisst in Frankfurt jetzt noch soviel als ein verstärktes Nein, also: Warum nicht gar! Prosit die Mahlzeit!), *Morgengut* Nbg., *Morgenbesser* Basel. Wer kennt nicht den Schneider *Sieben-auf-einen-streich* aus Grimms Märchen? Neben den armen Knecht *nime-mich-got* stellt sich Albero *Jumirowê*, Clewin *Friderbarm*, Pfeifer zu Basel 1409; der *Gotterbarm*, Strasse bei Basel. Der Ursprung des Namens ist mir unbekannt. Conrat *Gott-sach-in-an* ein Schuster ebend. 1356. *Wolgeschê* Freiburg 1380. Aus neuern Namenverzeichnissen: *Warlich*, *Liebezeit*, *Langguth*, Dr. *Ochwadt* in Halle, *Guttag* Nürnberg, *Gutentag* Berlin; Johannes *vif-umme-twe* in Lübeck, 14ten Jahrhundert, mag ein Spieler gewesen sein; Albertus *myn-noch-me* Köln 1371 u. a. Auch zu Gemeinnamen werden solche Sätze wie *Eccehomo*, *Paternoster*, *Avemaria*, *vademecum;* so im Deutschen der *Willkomm*, nicht nur der Empfang, sondern, bei zünftigen Handwerkern auch der Becher, der den zugereisten Gesellen kredenzt wurde; das Basler *Scherdifurt*, der Abschied, der Wein und das Fleisch, das den Waschweibern am Schlusse ihrer Arbeit nach Hause mitgegeben wird; *Schabab*, bei den Maurern die Feierabendstunde, dann allgemein das Ende und *Schabab sein* ganz adjektivisch zu Ende sein; du bist *Schabab*, sagt die Jungfrau bei Hans Sachs zu dem verschmähten Liebhaber; endlich Name mehrerer Blumen, die den Spätsommer und Herbst verkünden. (Vgl. S. 16).

2. Namentlich werden kurze, elliptische Lieblingsausrufe und Interjectionen zu Namen: *Allewelt* Berlin, Hermannus *totus Mundus* Lübeck 14. Jahrhundert, *Wunderweldt* Cassel, *Wunder*, Herman *Gotwaldis* Wetterau 1368 und Wigant *Gotwaldis* ebd. 1403, Clas *Hilfgott* Worms 1395, Heribertus dictus *Godesnamen*. Aachen 1286. »Ein Knecht, hiess *Hötzschehö*« Basel 1401, Schnell, Rechtsquellen von Basel 1, 77. *Hoschaho* ist am Oberrhein der Ruf, mit dem man an der Hausthüre anklopft. Dasselbe *Hoscheho* kommt in Reutlingen als Gemeinname vor für »eine Weibsperson mit einem ihrer Grösse nicht angemessenen hohen Kopfputze.« Ein Geschlecht

Hosch besteht jetzt noch in Basel. — Hierher mögen ferner gehören: *Joho* Aargau, *Juch* Cassel, *Jucho* Frankfurt; *Hallo, Hahlo* Cassel. Auch die Interjection wird als Gemeinname verwendet: Der Zauberer Wagner, Faust's Schüler, verwandelt einer Jungfrau, die ihm kein Futter für sein Pferd geben wollte, den Hund, den sie auf dem Schoose trug, in einen garstigen greulichen *Pfuidichan.* Das älteste Waguerbuch in Scheible's Kloster 11, 610. Vgl. Nettelbeck's Leben, Ausgabe 1863, 2, 191: »Ihr seid mir schöne Helden! *Pfui euch an,* dass ihr hier liegen könnt und schnarchen,!« vgl. Futikan, Brem. wb. 1, 381. — Abraham a St. Clara nennt den Fieberfrost des Greisenalters den *Husch Husch.*

3. Die Interjection, der Naturlaut, in dem sich das erregte Gefühl ausspricht, erweitert sich in rohen Zeiten und bei rohem Volke zum Fluche; und unsere Voreltern in den »guten alten Zeiten«, Mannsen und Weibsen, haben geflucht, dass heutzutage auch einem Sachsenhäuser darob die Haare zu Berge stehen würden; eine Sammlung von Flüchen aus den Dramen des 15ten und 16ten Jahrhunderts würde einen schönen Beitrag zum Capitel von der Gotteslästerung liefern! — Den ältesten Namen der Art liefert Heinrich *Ja-so-mir-gott,* Herzog von Bayern und Mähren um 1150; ein Nürnberger Namenverzeichniss aus dem 15. Jahrh. hat *Gotzfell, Gotzfuchs, Gotzhan, Gotzzorn.* — So bezeichnete man in späterer Zeit die Engländer appellativ als *Goddams* und die Sundgauer heissen heute noch in Basel, ihres lästerlichen Fluchens wegen, die *Sakkernundidiés,* Sacré-nom-de-Dieu's; bei einem Feste der Basler- und benachbarten Feuerwehren wurde die Hüninger Feuerwehr bei ihrem Einzug mit der Inschrift begrüsst:

Vivent ces Sacrinundidié's,

De Huningue les Pompiers!

4. Der Fluch ist aber nur ein sündlicher Missbrauch des Eides, durch den man Gott zum Zeugen, Richter und Rächer anruft und wird eingeleitet durch die Uebung an sich frommer Menschen, bei jeder an sich unbedeutenden Handlung oder dem geringsten Ereigniss, wenn sie z. B. eine Versammlung halten wollen oder eine Theetasse zerbrochen haben, den Namen des Höchsten mit »*so Gott will*« oder »*Herrjegerli! Herrjemerli! Herjees!*« zu missbrauchen. Solche Namen liefert uns wiederum schon aus dem 14ten Jahrhundert Nürnberg in *Gottseigeert, Gotznamen, Gotzwill, Helfgott, Hilfgott.*

5. Wünsche werden zu Namen: *Willkom, Gutglück, Gutheil, Gutjahr* Lübeck 14. Jahrh. Freiburg 1380, *Guttag* und *Gutentag, Gutzeit, Gudetiit* Lübeck 14ten Jahrh. Ital. *Bentivegni,* bene tibi eveniat, *Diotisalvi* 1153 Erbauer des Baptisteriums in Florenz.

6. Seit alten Zeiten liebte man es, Eigennamen aus frommen Sprüchen zu bilden. Der Name *Theodor, Dorotheus, Deodatus* kommt schon 790 iu Lucca als *Deusdedit* Archidiaconus vor; ein *Deusdedit* war Pabst 615—618; hierher auch *Quod-Deus-vult.* Diese Formen waren ziemlich verbreitet. Hieran reihen sich eine Anzahl Satznamen ähnlich frommen Sinnes, wie der englische John *God-me-fetch* 11ten Jahrhunderts, in Freiburg der arme Knecht

dem man da spricht *Nime-mich-Gott* 1360 und in Basel *Nümegot*. Namentlich kirchliche
Formeln werden zu Ueber- und Geschlechtsnamen. Wir finden da in Lübeck 14. Jahrh.
Hennecke *Benedicite*, (Benedicite im altengl. ein Ausruf wie *Bless us!* bei Chaucer), in Nürnberg 15tes Jahrh. Conrat *Avemaria*, (der Name findet sich heute noch in Karlsruhe als *Ave-
marg*, ja *Affenmarg*), *Ave* und *Avemann* in Norddeutschland; *Kyrieleis*, Berchtold *Santamaria*,
Paternosterer in Nürnberg, 1400; (wo aber *Paternoster* als G.-N. etwa vorkäme, kommt es nicht direct
von den Anfangsworten des Gebetes des Herrn, sondern von obigem Worte Paternosterer, ndd.
Paternostermaker, das Bernsteindreher, Rosenkranzmacher bedeutet); *Osann* wird zu *Hosianna*
gestellt, wie denn »das Volk in den Niederlanden aus hervortönenden Wörtern der Liturgie,
aus *Excelsis* und *Osanna* und *Alleluia* neue Heilige machte«; ein Weibername *Osanna* findet
sich schon im 8ten Jahrh. (Wackernagel Umdeutschung), und noch im 15ten *Osanna* Kind-
hensin, Nürnberg; *Amen* in Berlin.

Die Reformationszeit begünstigte die Bildung solcher frommen Satznamen, die wie erwähnt, erst als Taufnamen gebraucht und bald zu Geschlechtsnamen wurden; so *Gott-
dank*, *Gotthelf*, *Helfgott*, *Waltsgott* und *Gottwalt*, *Traugott*, *Liebegott* und *Gottlieb*, *Glaubrecht* und
Rechtglaub, *Hoffegott* (Manche davon sind indess schon alt); in der Waadt *Espèrendieu* und
dgl. mehr. Es ist aus Walter Scott und aus Macaulay Hist. of England männiglich bekannt, dass
bei den englischen Puritanern die Liebhaberei an dergleichen überfrommen Namen aus ganzen Bibel-
sprüchen und andern frommen Sentenzen zur förmlichen Wuth, und, wie ihr ganzes Wesen,
zur Karikatur wurde. Ich kann mich nicht enthalten, zur Erheiterung der freundlichen Leser,
hier aus Lower, English Surnames 1. 232 ein Verzeichniss von Geschworenen einer Jury in
Sussex aus dem Jahre 1610 mitzutheilen. Die biderben frommen Männer hiessen:

> *Approved* Frewen, Bewährt.
> *Be-thankful* Maynard, Sei-dankbar.
> *Be-courteous* Cole, Sei höflich.
> *Safety-on-High* Snat, Mein Hort in der Höhe.
> *Search-the-Scriptures* Noreton, Such in der Schrift.
> *More-fruit* Fowler, Mehr Frucht.
> *Free-gift* Mabbs, Freie-Gabe.
> *Increase* Weeks, Nimm zu.
> *Restore* Weeks, Mach wider gut.
> *Kill-sin* Pemble, Tödte-Sünde.
> *Elected* Mitchell, Auserwählt.
> *Faint-not* Hurst, Zage-nicht.
> *Renewed* Wisberry, Erweckt.
> *Return* Milward, Kehr um.

4

Fly-debate Smart, Fleuch-Erörterung, Meide-Zank.

Fly-Fornication Richardson, Fleuch-Unzucht.

Seek-wisdom Wood, Such-Weisheit.

Much-Mercy Cryer, Viel-Gnade.

Fight-the-good-fight-of-faith White, Kämpfe den guten Kampf des Glaubens.

Small-hope Biggs, Gerings-hoff.

Earth Adams, Erde.

Repentance Avis, Reue.

The-peace-of-God Knight, Der Friede Gottes.

In dem Taufbuche daselbst ist ein armes uneheliches Kind eingetragen als: *Flie-fornication*, the bace (base schmählich) sonne of Catreen Andrewes, 1609.

Wie mögen diese Kerle erst ausgesehen haben!

Wir kommen zu einer weitern Fortbildung der Satznamen. Sobald diese aus der beweglichen, flüssigen Form des Satzes gleichsam geronnen und erhärtet sind, bilden sie sich nun, wie echte Vollblut-Substantiven, zu weitern Formen aus: sie werden deklinirt wie diese, bilden weibliche und Verkleinerungsformen und lassen neue Adjectiven und Verben, ja Substantiven von sich ableiten. Diese Fruchtbarkeit scheint aber nur der deutschen Sprache eigen zu sein (vgl. jedoch S. 5); in den romanischen Sprachen ist mir nichts der Art aufgefallen, es sei denn die Flexion in den lateinischen *versipellis, poscinummius* u. s. w. — Das Deutsche gibt eben den Vortheil, den ihm die Ableitung bietet, nicht auf. — Und zwar tritt diese Weiterbildung schon sehr früh auf: der älteste deutsche Satzname ist ein von einem Substantiv abgeleitetes Verb, das schon erwähnte *wenscaftôn* Notkers, den Schaft schwingen, oder wörtlich übersetzt etwa *Schwingeschaften*. Andere schon früh (im 13ten und 14ten Jahrb.) vorkommende Beispiele sind die Verben »das hundel *weibezegelte* gein ir«, und, umgestellt: »vil sêre er (der lewe) *zagelweibete*«; und: »daz welf *wendezagelt* gên der muoter«: alle drei so viel als: *wedel-schweifte*. *Weibezahl* besteht übrigens noch als Geschlechtsnamen. Wie aber im Verlauf die Satznamen sich mehren, nehmen auch die abgeleiteten Formen zu, wie folgende Zusammenstellung nachweist.

1. **Flexion.** Der Raubritter Eilert *Buschkeste* (Putz-den-Kasten), im Braunschweigischen 1385 heisst in einer andern Urkunde im Akkusativ Eylert *Butzekesten; dicti Vulleschuzzele,* die S. 10 erwähnten Oppenheimer Edelknechte. — Nürnberg hat um 1400 einen Heinrich *Helsenwegk* Schenke-einen-Weck, vgl. Stalder 2, 37, und Worms 1347 ein Haus zum *Helsenwegke; Kypspanes* son, Frankfurt 1379; von Geldnarren und *Küss-den-pfennigen* bei Geiler von Kaisersberg; auch in Colmar 1361 Hanman *Kuspfenniges* hunrehus und eine *Küssepfennigesgasse.* »Dass ich dir geb ein solche *rupfhauben*«, Ohrfeige. Fasnachtsspiel des 15ten

Jahrh. »Haderputzen . . . *Raumsfelder*, Marterhansen : . ɔ die gar kein Kriegsweiss wissen als Stählen und Rauben.« Fischart.—

Noch im August 1870 prahlt ein Preusse: »die Brandenburger, Pommerischen und Säch-»sischen Regimenter, das seien die echten *Hacketäuer*« Hack-draufe. So riefen im siebenjährigen Kriege des Braunschweiger Ferdinand's Geschwader einander zu: »*Hacke to*, broder, it gelt fört Vaderland!«

2. W e i b l i c h e F o r m e n. Margareth *Füllschüsselin*, Frankfurt 1472; Werlin *Stosskorp*, Schiffmann von Breisach, Basel 1440, und die *Stosskorbin* ebd. 1457. Ganz besonders häufig kommen diese, sowie die Verbalformen in der niederdeutschen Mundart vor. Dem Bremisch-niederdeutschen Wörterbuch entnehme ich: *Flieg-up*, aber auch *Flieg-upske* ein gar zu munteres, wildes Frauenzimmer; *Grien-up (Grein-auf* oder *Lach-auf)* der gern und oft lacht, weiblich *Grien-upske*; *Sta-vör (Steh-vor)* der brav arbeitet, einem Werke vorstehen kann, und eine solche Frau ist eine *Sta-vörske*.

3. V e r k l e i n e r u n g s f o r m e n. Schon 1335 finden wir in Alzei einen Johan *Sweyfe-Kruselin* Schwingdenkrug. Aus dem schon erwähnten Verschwender *Streusgut* wird ein *Streusgütlein* bei Luther, Hans Sachs und Fischart. Schwaben liefert uns die Geschlechtsnamen *Ruckhäberle* und *Schabüberle*, Stalders Schweizer Jdiotikon das *Steigüferli* Tropæolum majus Linn. und in Schwaben nennt man die Trinkgläser, die umgelegt von selbst sich wieder aufrichten *Stehauferle*. Ein *Kusshändchen* ist ja noch ganz üblich.

Auch ein A b s t r a k t u m liefert uns das Bremisch-niedersächsische Wörterbuch: neben *Slink-füst Schlendre-viel*, Müssiggänger, Tagedieb, das Verb *Slink-füsten* und *Slink-füsterije* Müssiggang.

4. A d j e k t i v e n: blähbäuchig, wagehalsig.

5. V e r b a l f o r m e n finde ich, ausser den oben S. 26 erwähnten lediglich in den Mundarten. — Stalder hat neben dem bekannten schweizerischen *Feg-nest* (doch wohl: *Fege-das-Nest)* nicht nur einen *Fegnester* und eine *Fegnesterinn*, sondern auch ein Verb *Fegnesten*, hin- und herrutschen, an einem Ort nicht bleiben können; derselbe: *Kawohl* (Kann-wol), Schmeichler und *Kawohler*, aber auch *Kawohlen, Kawohlern*, jemanden etwas *abkawohlen, abkawohlern*. Er erklärt es als Umdeutschung des frz. *cajoler*. — Häufig sind solche Verben im Niedersächsischen: *Bott-eersen* einen mit dem Hintern gegen den Mastbaum stossen, eine Strafe auf Schiffen. Vgl. engl. to butt stossen; *Drei-eers* Dreh-den-H., eines hoffärtigen Ganges, wie mancher Weiber, mit *Drei-eersen*, so gehen; ähnlich: *Ruk-, Stut-, Wipp-, Hurk-eersen; Hebbe-rachten, Knipp-ogen, Knikke-beenen, Knick-steerten, Kratze-foten. Wibel-steerten*. F r i t z R e u t e r, ut mine Festungstid, hat: »Madera? frog de E. und *lickmüünte* (leck-mündete) dorbi; ordentlichen Madera?«

So sehen wir, wie die Bildung der Satznamen im Deutschen vom 11ten Jahrhundert heraus in die Gegenwart hineinspielt. Aber es fällt auch, bei der Betrachtung der bisher ge-

gebenen Beispiele, — gar weniger aus gar vielen, — gleich auf, dass so manche von ihnen uns als fremdartig, verschollen, unbekannt entgegentreten. Und in der That ist die Anzahl von Satznamen, die sich bei uns noch lebendig erhalten haben, gegen die früher wuchernde Masse gehalten, äusserst gering; diese Art der Wortbildung ist am Ausklingen und im Absterben begriffen. Der Vogel *Wendehals*, die Hunde *Packan* und *Fassan*; die Pflanzen *Vergissmeinnicht*, *Rühr-mich-nicht-an* und *Je-länger-je-lieber*; der *Wagehals*, der *Taugenichts* und der *Störenfried* der Büttel *Haltfest* und der *Schnapphan*; der *Haberecht* und der *Habenichts*; der *Hans-Guck-in-die-Luft* und der *Saufaus*; vielleicht noch im Kinderlied *»Ein silbernes Büchschen, ein golden Nixchen, ein diamanten *Wart-ein-Weilchen*; endlich der *Gott-sei-bei-uns* und der *Ueberall-und-nirgends*: das werden sie sein, die in unserm Schrift-deutsch noch Curs haben, und mancher geneigte Leser, wenn er sich nicht etwa besonders mit diesen Dingen befasst hat, wird Mühe haben, dies Verzeichniss aus seinem Sprachvorrath zu erweitern. Und noch dazu sind sie heruntergekommen, die armen Wörter, und dürfen sich in guter Gesellschaft, wo es ernst und sittig hergeht, kaum mehr blicken lassen. Wo sind sie hingekommen? wer und was hat sie entwerthet, verrufen und vertrieben?

Das hängt ohne Zweifel mit dem Aufschwung oder vielmehr dem mühsamen Aufringen zusammen, das wir vom Anfang des 17ten Jahrhunderts an in der deutschen Literatur beobachten. Die Reformation hatte für die deutsche Literatur und die deutsche Geistesbildung überhaupt zunächst den Segen nicht gebracht, den man von einem so gewaltigen Ereigniss vielleicht erwarten dürfte. Was volksthümlich war, das versank schon seit dem 15ten Jahrhundert in grässliche Rohheit, selbst bei Hans Sachs und Fischart. Die geistigen Schätze des 13ten Jahrhundert verfielen der Verachtung, ja der Vergessenheit. Der Humanismus brachte der Sprache und für ihre Blüthen zunächst keinen Ersatz. Lateinische Pedanten und theologische Streithäne verdarben den letzten Rest wahrer natürlicher Empfinduug und echt deutschen Fühlens und Redens. Fischart und Rollenhagen sind die letzte Abendröthe der dahin schwindenden Bildungsschicht; ein allerletzter Nachklang ist der Simplicissimus. — Als es aber, etwa zur Zeit des Ausbruchs des 30jährigen Krieges und während dieses mit dem allgemeinen Elend, auf dem Gebiete der Literatur aber mit der Ausländerei gar zu arg wurde: da ermannten sich biedere Männer, und verbanden sich, um zu retten, was zu retten war, um aus und auf den Ruinen wieder aufzubauen, um den unter der Asche der Städte, Schlösser und Dörfer begrabenen Funken des Deutschen Geistes lebendig zu erhalten und anzufachen für eine schon damals erhoffte bessere Zeit, die da kommen sollte. — Es sind die Männer des Palmenordens oder der fruchtbringenden Gesellschaft und ihre Gesinnungsgenossen von Opitz bis Gottsched. Allein, so anerkennenswerth ihr Streben ist, ebenso trübselig waren die Mittel, die sie anwandten. Der Ausländerei wollten sie steuern, den alten Heldenruhm Deutschlands wollten sie singen, und wussten keinen andern Weg, als in ihrem Palmenorden die italienischen Akademien, Siechenhäuser für die dahin welkende italienische Literatur, nachzuäffen. Deutsch wollten sie denken, fühlen und singen und wussten nichts besseres, als den Abhub italienischer, französischer und gar holländischer Dichter als kostbare Gerichte hinzustellen, die man nachkochen und brauen müsse. — Ich weiss wohl, dass das Kirchenlied der damaligen Zeit, dass ein Flemming, Simon Dach und Logau Unsterbliches hinterlassen haben: aber jeden, der sich heutzutage mit der Literatur jener Epoche befassen muss, fröstelt es, und er kehrt davon, wie in ein wärmeres, milderes Klima zu seinem Göthe, Schiller und Uhland zurück. Jene guten Leute aber, Pedanten in der Allongeperücke, die ihren Parnass an Höfen suchten, und den Corneille über-corneillen wollten: sie mussten, wo sie A gesagt hatten, auch B sagen.

In der damals aufblühenden französischen Hofliteratur war aber das Volksmässige verpönt: akademisch sollte Alles sein, und die alt-heiligen Mundarten des Volkes, diese unerschöpfliche Fundgrube des Sprachgoldes, nannte man, und nennt man dort noch verächtlich ein Patois! Vgl. aber Hebel und Claus Groth! — Also auch in Deutschland fort mit dem volksthümlichen! Sauber, nett, correkt, sinnreich, convenable und agréable vor Allem! Dazu passten denn freilich die derben, muthwilligen Satznamen nicht: sie wurden ausgemerzt, geächtet, wie in der Gesellschaft der silbervergoldete Weinhumpen der Café- und Theetasse weichen musste. Auch wichen sie: aber zurück in die Volkssprache, wo sie — wir haben es gesehen — noch still und heimlich fortleben. —

Werden sie wieder aufleben? Anlass dazu wäre genug vorhanden. Was quälen sich unsre Ingenieure, Schiffbauer und andre »Industrielle«, wenn sie einem neuen »Locomotiv«, einem Schiffe oder was es sonst ist, einen Namen geben sollen! Fischart hätte ihnen ein paar Dutzend in einem Athem gegeben. Aber meines Erachtens ist die Periode der deutschen Satznamen zu Ende, wenn man auch neuen Gebilden der Art hier und da bei Dichtern wieder begegnet. Es ist die Art der Zeit, dass ihr das Organische, d. h. nach Naturgesetzen gewordene, zuwider ist, und dass sie dem Mechanischen, d. h. dem nach beschränkten Verstandes- und Zweckmässigkeitsgründen gemachten zuneigt und sich nicht drum kümmert, wie sie die edelsten Naturgebilde, und das edelste von allen, die Sprache verderbt, verstümmelt und verhudelt. —

Darüber vielleicht ein andermal ein Weiteres.

Bericht

über

die Verhältnisse der Gewerbeschule.

I. Einrichtung der Anstalt.

Die Gewerbeschule soll laut Gesetz eine höhere realistische Bildung ertheilen und dadurch zum Uebertritt in das Geschäftsleben oder in eine technische Fachschule befähigen. Sie besteht aus drei Jahresklassen, entsprechend den Altersstufen vom 14. bis 17. Altersjahr, und einer vierten halbjährigen Klasse, welche wesentlich der Vorbereitung auf polytechnische Schulen dient.

Die Schüler sind zum Besuche aller Fächer verpflichtet. Nur in besonderen Fällen kann ein Schüler vom Besuche eines Faches dispensirt werden.

Die Lehrfächer und ihre Vertretung durch die Stundenzahl per Woche ergeben sich für das verflossene Schuljahr aus folgender Zusammenstellung:

	Sommerhalbjahr.				Winterhalbjahr.		
	I.	II.	III.	IV.	I.	II.	III. Kl.
Deutsch	6	4	4	—	6	4	4
Französisch	5	4	4	—	5	4	4
Englisch	4	4	4	—	4	4	4
Geschichte	3	2	3	—	3	2	2
Naturgeschichte	2	2	2	2	2	2	2
Physik	—	3	2	2	—	3	2
Chemie	—	2	2	2	—	2	2
Mechanik	1	—	—	2	1	—	2
Mathematik	6	4	5	6	6	5	6
Zeichnen	4	4	4	6	4	4	4
Turnen	1	1	—	—	1	1	—
	32	30	30	20	32	31	32

Von den 6 Stunden Zeichnen in der IV. Klasse werden 4 für darstellende Geometrie verwendet, die übrigen 2 Stunden sind gemeinsam mit denen der III. Klasse.

Wegen der grossen Schülerzahl mussten die I. und II. Klasse in je zwei Parallelklassen getheilt werden.

II. Aufnahmsbedingungen.

1) Jeder sich meldende Schüler hat ein Zeugniss derjenigen Anstalt vorzuweisen, welche er zuletzt besucht hat.

2) Die Schüler der beiden hiesigen Gymnasien, welche aus der fünften Klasse zur Aufnahme empfohlen sind, werden ohne Prüfung in die I. Klasse aufgenommen. Solche Schüler dieser Gymnasien, deren Vorbereitung von den betreffenden Lehrerkonferenzen als ungenügend erklärt wird, können nicht aufgenommen werden. Alle übrigen sich meldenden Schüler haben eine Aufnahmsprüfung zu bestehen.

3) Bei der Aufnahmsprüfung wird verlangt:

Für den Eintritt in die I Klasse:

a. *Im Deutschen.* Etymologie: Sichere Unterscheidung der Redetheile und Wortformen (Deklination, Konjugation etc.) — Satzlehre: Der einfache Satz, Subject, Prädikat, Object und Attribut. Hinlängliche Gewandtheit im Ausdruck und Sicherheit in Orthographie und Interpunktion.

b. *Im Französischen.* Lire couramment et comprendre sans trop de peine des morceaux faciles. — Traduire de l'allemand en français de courts exercices. — Comprendre assez le français pour que les leçons se donnent dans cette langue. — Avoir des notions exactes sur les principaux points d'un premier cours de grammaire; analyse élémentaire, verbes réguliers et irréguliers, formation des temps, emploi des modes, formation du pluriel des substantifs et des adjectifs, pronoms absolus et conjoints, etc.

c. *In der Mathematik.* Fertigkeit in der Anwendung der gewöhnlichen Brüche, der Dezimalbrüche, der Proportionen und in der Auflösung der bürgerlichen Rechnungsarten. Die ersten Elemente der Buchstabenrechnung. — Elementarer Kurs der Planimetrie.

Für den Eintritt in die Klassen II. und III.:

Diejenigen Kenntnisse im *Deutschen, Französischen, Englischen* und in der *Mathematik,* welche in den vorausgegangenen Klassen der Anstalt gelehrt werden.

Bemerkung. Die Schule wird häufig von Schülern aus den französischen Kantonen der Schweiz besucht. Von diesen wird beim Eintritt in Bezug auf die deutsche Sprache verlangt, dass sie den Vortrag des Lehrers verstehen können.

III. Lehrstoff,

vorgetragen im Schuljahr 1872/1873.

I. Deutsche Sprache.

I. Klasse, 6 Stunden.

1) *Grammatik*, 2 Stunden. Lehre vom einfachen und zusammengesetzten Satze. Analysen.

2) *Aufsätze*, 1 Stunde. Nachbildung von Mustern; prosaische Umarbeitung poetischer Stücke; Beschreibungen; Uebersetzungen (siehe Abth. 4).

3) *Vortrag*, 1 Stunde. Musterstücke von Gœthe, Schiller, Uhland u. A. wurden erklärt, gelernt und eingeübt. Elemente der deutschen Verslehre.

4) *Uebersetzen* aus dem Französischen ins Deutsche, 2 Stunden, mündlich und schriftlich mit besonderer Berücksichtigung des Unterschiedes zwischen deutschem und französischem Ausdruck. *Becker.*

II. Klasse, 4 Stunden.

1) *Stilistik.* Redefiguren. Anforderungen an einen guten Stil. Stilgattungen. Dichtungsgattungen.

2) *Aufsätze:* Beschreibungen, Geschäftsaufsätze, kleinere Ahhandlungen über Stoffe aus dem Unterricht.

3) *Lektüre* und *Vortrag.* Aus Mager's Lesebuch wurden zahlreiche poetische und prosaische Stücke gelesen und erklärt, die poetischen gelernt und eingeübt, die prosaischen zum Theil in freiem Vortrage wiedergegeben. — Schiller's Wallenstein. Stücke aus Wilh. Tell. *Becker.*

III. Klasse, 4 Stunden.

1) *Litteraturgeschichte.* Einleitung bis 1740. — Die Periode von 1740 bis 1805 wurde eingehend behandelt.

2) *Aufsätze.* Kleine Abhandlungen theils nach durchgesprochener Disposition, theils nach selbstständigen Entwürfen der Schüler.

3) *Freier Vortrag* und *Lektüre.* Eine Stunde wöchentlich wurde zu abwechselnd poetischen und prosaischen Vorträgen verwendet; bei jenen blieb die Wahl der Stücke den Schülern frei gestellt; für die letteren arbeiteten die Schüler kleine Abhandlungen gleichfalls unter freier Wahl des Gegenstandes aus und trugen sie vor. Lessing's Minna von Barnhelm und Göthe's Iphigenie. *Becker.*

2. Französische Sprache.

I. Klasse, 5 Stunden.

1) Etude du premier et d'une partie du second cours de la *Grammaire de Borel.* Répétition des verbes irréguliers. Exercices de traduction orale et par écrit avec application des règles.

2) Lecture expliquée d'une partie des morceaux que contient le premier volume de la *Chrestomathie de Vinet.*

3) Exercices d'orthographe, de récitation, de conversation et de composition.

4) Etude de *Dialogues sur des sujets pratiques.* *Mauley.*

II. Klasse, 4 Stunden.

1) Etude du second cours de la *Grammaire de Borel*, récapitulation de la syntaxe. Exercices de traduction orale et par écrit avec application des règles.

2) Analyse raisonnée 'd'une partie des morceaux que renferme le premier volume de la *Chrestomathie de Vinet*. Traduction à domicile et correction en classe par les élèves eux-mêmes de la comédie de *Minna von Barnhelm* de Lessing.

3) Exercices de conversation et de composition. Correction raisonnée des compositions et des traductions avec application des règles.

4) Etude de *Dialogues sur des sujets pratiques*. *Mauley.*

III. Klasse, 4 Stunden.

1) *Cours de littérature française*. Etude spéciale du 17e siècle, précédée d'un aperçu général des siècles antérieurs.

2) *Traduction* de la comédie de Schiller »Der Neffe als Onkel«, et d'une partie de la tragédie de Jeanne d'Arc.

3) *Lectures* diverses, en rapport avec le cours de littérature.

4) *Compositions* sur des sujets variés. *Girard.*

3. Englische Sprache.

I. Klasse, 4 Stunden. Einübung und Auswendiglernen der ersten Abtheilung vom 1. Theil des Fölsing'schen Lehrbuches. *Mosley.*

II. Klasse, 4 Stunden. Erklärung und Einübung der zweiten Abtheilung des 1. Theils von Fölsing. Uebersetzen einfacher Erzählungen aus dem Deutschen in's Englische. (Auszug aus Herders »Palmblättern«). Lesen und Uebersetzen von Edgworth's Forester. *Mosley.*

III. Klasse, 4 Stunden. Fortsetzung im Uebersetzen der Palmblätter und im Lesen von Forester. Cursorisches Lesen eines Werkchens von Marryat.

In allen Klassen finden Sprechübungen statt. *Mosley.*

4. Geschichte.

I. Klasse, 3 Stunden. Uebersicht über die alte und mittlere Geschichte, bis zur Reformation. *Bernoulli.*

II. Klasse, 2 Stunden. Geschichte von 1648—1789. Vollendung der Grundlagen der christlichen Staaten unter monarchischem Princip. Die fünf Grossmächte, sowie die Mächte zweiten Ranges. *Reber.*

III. Klasse, im Sommer 3, im Winter 2 Stunden. Neueste Geschichte seit 1789: Umwandlung des monarchischen Staats- und Kirchenthums in Volksstaaten und Volkskirchen durch die Revolutionen. *Reber.*

5. Naturgeschichte.

I. Klasse, 2 Stunden. Spezielle Botanik. Anleitung zum Bestimmen der Pflanzen, Demonstrationen an lebenden Pflanzen. Excursionen; Systemkunde; Pflanzengeographie.

Steinegger.

II. Klasse, 2 Stunden. Die thierischen Funktionen auf Grundlage des menschlichen Organismus. Seelenleben der Thiere. Instinkt. Gedächtniss. Ueberlegung. Klassification der Säugethiere. *Steinegger.*

III. Klasse, 2 Stunden. Im Sommer physikalische Geographie: Oberfläche der Erde, Veränderungen durch Einwirkung des Wassers; Erdwärme; die Atmosphäre, Winde, Feuchtigkeit, Klima.

Im Winter mathematische Geographie. *Burckhardt.*

IV. Klasse, im Sommer 2 Stunden. Grundzüge der Krystallographie, physikalisch-chemische Eigenschaften der Mineralien; die wichtigsten Felsarten; Uebersicht über die geologischen Formationen. *Müller.*

6. Physik.

II. Klasse, 3 Stunden. Allgemeine Anziehungskraft, Lehre der festen Körper, Hydrostatik. *Hagenbach.*

III. Klasse, 2 Stunden. Lehre der gasförmigen Körper, des Schalles und des Lichtes.

Hagenbach.

IV. Klasse, 2 Stunden. Lehre des Lichts (Schluss) und der Wärme. *Hagenbach.*

7. Chemie.

II. Klasse. Einleitung, Fundamentalgesetze und chemische Schreibweise. — Metalloïde und deren Verbindungen.

III. Klasse. Metalle und deren Verbindungen mit Metalloïden.

IV. Klasse. Schluss der Metalle und ihrer Verbindungen. — Repetitionen. — Einiges aus der analytischen Chemie nebst praktischen Uebungen.

Im Sommer: *Goppelsröder;* im Winter: *Breiting.*

8. Mechanik.

I. Klasse, 1. Stunde. Ruhe und Bewegung; gleichförmige und gleichförmig beschleunigte Bewegung; Trägheit; der freie Fall; der schiefe Wurf; Parallelogramm der Kräfte; die mechanischen Potenzen. *Burckhardt.*

III. Klasse, im Winter 2 Stunden. Die wichtigsten einfachen Bewegungen. Zusammensetzung der Bewegungen. Mechanik des materiellen Punktes: Wirkung einer und mehrerer Kräfte, mechanische Arbeit, lebendige Kraft, Centralbewegung, schiefe Ebene, Pendel; Mechanik fester Körper: Zusammensetzung von Kräften in einer Ebene. Kräftepaar. *Schmiedhauser.*

IV. Klasse, 2 Stunden. Mechanik der festen Körper: Zusammensetzung der Kräfte, das Kräftepaar, parallele Kräfte, der Schwerpunkt; Simpson'sche Regel für Inhalts- und Momentsberechnung, Guldin'sche Regel; Gleichgewicht festgehaltener und unterstützter Körper; Reibung, angewandt auf die einfachen Maschinen. *Schmiedhauser.*

9. Mathematik.

I Klasse. *Arithmetik* und *Algebra,* im Sommer 4, im Winter 3 Stunden. Die 4 Grundrechnungsarten mit einfachen und zusammengesetzten Buchstabengrössen, Proportionen, Gleichungen vom 1. Grade mit einer und mehreren Unbekannten; Wiederholung der Rechnung mit gewöhnlichen und Dezimalbrüchen, Aufsuchung der Quadratwurzel, Regeldetri, Kettensatz, Arbeits-, Theilungs- und Mischungsrechnungen, Prozentrechnung, angewandt auf Berechnung von Gewinn und Verlust, Rabatt, Zinsen und Diskonto, Münzrechnung.

Schmiedhauser.

Geometrie, im Sommer 2, im Winter 3 Stunden. Planimetrie: Geradlinige Gebilde, Kongruenz und Aehnlichkeit der Figuren, Flächenberechnung derselben. Regelmässige Vielecke und Kreis, Berechnung der Zahl π. *Schmiedhauser.*

II. Klasse. *Algebra,* im Sommer 2, im Winter 3 Stunden. Potenzen mit ganzen und gebrochenen Exponenten, Wurzeln, Logarithmen. Gleichungen des zweiten Grades. Arithmetische und geometrische Reihen, Zinseszinsrechnung mit Anwendungen aus dem Verkehrsleben.

Kinkelin.

Geometrie, 2 Stunden. Stereometrie: die Ebenen und Geraden im Raume, die regelmässigen Vielflache, der Obelisk, die drei runden Körper, Oberflächen- und Inhaltsberechnungen. *Burckhardt.*

III. Klasse. *Algebra,* im Sommer 3, im Winter 2 Stunden. Kombinationslehre, Wahrscheinlichkeitsrechnung. Binomischer Satz für beliebige Exponenten; Reihen für die Exponentialfunktionen, Logarithmen und trigonometrischen Funktionen; Moivre'scher Satz und Zusammenhang der trigonometrischen mit den Exponentialfunctionen; Kettenbrüche; unbestimmte Gleichungen des ersten Grades; Gleichungen des dritten und vierten Grades; Regula falsi. *Kinkelin.*

Geometrie, im Sommer 2, im Winter 4 Stunden. Ebene Trigonometrie und Theorie der trigonometrischen Funktionen. Algebraische Lösung geometrischer Aufgaben. Analytische Geometrie: Die gerade Linie, der Kreis und die drei Kegelschnitte. Die Theorie der Transversalen, der harmonischen Punkte und der reziproken Polaren.

Im Sommer: *Burckhardt,* im Winter: *Kinkelin.*

IV. Klasse. *Algebra,* 1 Stunde. Theorie der höhern algebraischen Gleichungen. Cardanische und trigonometrische Auflösung der kubischen Gleichungen. Auflösung numerischer Gleichungen durch Annäherung nach den Methoden von Horner und der Regula falsi. *Kinkelin.*

Geometrie, 3 Stunden. Sphärische Trigonometrie: Grundgleichungen für die sphärischen Dreiecke, die Gauss'schen und Napier'schen Gleichungen. Auflösung und Inhaltsberechnung der Kugeldreiecke. Sphärischer Exzess. Aufgaben aus der sphärischen Astronomie. Analytische Geometrie der Ebene und Geraden im Raum. *Kinkelin.*

Differenzial- und *Integralrechnung,* 2 Stunden. Differenziation von Funktionen einer Variabeln; Sätze von Taylor und Mac' Laurin. Werthe von %. Maxima und Minima der Funktionen. Tangenten an ebene Kurven. Begriff des bestimmten und des unbestimmten Integrals. Integration der hauptsächlichsten Differenzialformeln nach den gebräuchlichen Methoden. Zahlreiche Uebungen und Anwendungen. *Kinkelin.*

10. Zeichnen.

I. Klasse, 4 Stunden, wovon 2 für Freihand-, 2 für technisches Zeichnen.

a. Freihandzeichnen: Ornamente, Landschaften und Figuren. Linearperspective. *Völlmy.*

b. technisches Zeichnen: Linearzeichnen einfacher Verzierungen, technischer Gegenstände u. dergl. Uebungen im Tuschen und Anlegen von Farbentönen, Zeichnen von Grundriss, Aufriss und Durchschnitten einfacher Modelle. *Schmiedhauser.*

II. Klasse, 4 Stunden, wovon 2 für Freihand-, 2 für technisches Zeichnen.

a. Freihandzeichnen: Ornamente, Blumen, Landschaften und Figuren. Zeichnen nach Gypsmodellen. Perspective. *Völlmy.*

b. technisches Zeichnen: Uebertragen technischer Zeichnungen in verändertem Maasstab nach Entwürfen mit Maassen. Aufnahme von technischen Gegenständen. Einfache Konstructionen aus der Projektionslehre. *Schmiedhauser.*

III. Klasse, 4 Stunden, wovon im Sommer 2 für Freihandzeichnen.

a. Freihandzeichnen: Landschaften, Figuren und Ornamente nach Vorlagen und Modellen. *Völlmy.*

b. technisches Zeichnen: Aufnahme von Maschinen und architektonischen Details; Planzeichnen, Schattenlehre.

IV. Klasse. *Darstellende Geometrie,* 4 Stunden. Punkt und Gerade in den 4 Winkelräumen, Gerade und Ebene; Schnitte von Polyedern durch Ebenen und Durchdringungen derselben. Projektion krummer Flächen, ihre Berührungsebenen, Schnitte und Durchdringungen. Schattenlehre. *Schmiedhauser.*

Zeichnen, 2 Stunden gemeinschaftlich mit der III. Klasse. Ausarbeitung von Aufgaben aus der darstellenden Geometrie, besonders von schwierigeren Beispielen aus der Schattenlehre. *Schmiedhauser.*

11. Turnen.

I. und II. Klasse, je 1 Stunde wöchentlich.

1) Ordnungsübungen. Eine Auswahl der schwierigeren Formen: *a.* von Reihungen, *b.* von Schwenkungen, mit besonderer Rücksicht auf militärische Zwecke.

2) Freiübungen. Eine Auswahl der Uebungen zweiter Ordnung; Uebungsreihen, Uebungsketten. Uebungen im Springen; Hoch- und Weitsprung.

3) Geräthübungen. Uebungen im Hang an den Leitern, am Klettergerüst, Reck und an den Schaukelringen. Uebungen im Stütz am Stemmbalken, Reck, Barren und Pferd.

Jenny.

IV. Schulchronik.

Der Präsident der Inspektion Herr Stadtrath *Rud. Merian-Burckhardt* wurde der Anstalt durch den Tod entrissen; an seine Stelle wurde vom Kleinen Rathe ernannt Herr *Gottl. Burckhardt-Alioth.*

Im Lehrerpersonale der Anstalt trat während des Schuljahres nur eine Aenderung ein; Herr Prof. *Goppelsröder* folgte einem Rufe an die École Communale de chimie in Mülhausen; vikariatsweise trat an seine Stelle für das Winterhalbjahr Herr Dr. *Breiting.* Da Herr Prof. *Hagenbach* von den Lehrstunden an der Gewerbeschule wünschte befreit zu sein und seine Entlassung auf Ende des Wintersemesters erhielt, so erwählte das Erziehungskollegium als Lehrer der Physik, Chemie und Mathematik Herrn Dr. *Georg Schröder,* bisher Lehrer am Pädagogium in Lörrach. Die Herren Professor *Reber* und Dr. *Bernoulli* werden ihrer Lehrstunden der Geschichte an der Klasse II und I enthoben und an ihre Stelle wird mit kommendem Schuljahr treten Herr Dr. *Friedr. Meissner.*

Geschenke. Von der *Zeughausverwaltung* wurden der Anstalt einige Holzmodelle zur Benutzung überlassen. Von Herrn *G. Burckhardt-Alioth,* Gletscherschliff; Modell eines Kopfes Banc à Broches (Roving frame); von Herrn Dr. *O. Lindt:* Basalt, vulkan. Asche, Schwefel vom Aetna; von Herrn Conrector *Delabar:* die wichtigsten Maschinenelemente, 10tes Heft der Anleitung zum Linearzeichnen; von Herrn *Fr. Becker,* eine Bergkrystalldruse; *Sydow,* Karte aus Südamerika; von der *Schabelitz*'schen Verlagshandlung: Orelli, Algebra 2. Auflage; von Herrn *Steinegger:* Hoffmann, Atlas der Astronomie; von Frau *Merian-Burckhardt:* Armengaud et Amouroux: Dessin industriel; Bauernfeind, Brückenbaukunde, Strassen- und Eisenbahnkunde; Autenheimer, Differenzialrechnung; Vega, Logarithmen; Weisbach, Mechanik; von Herrn Prof. *Goppelsröder,* verschiedene Mineralien; von Herrn *Rud. Alioth,* Modelle von verschiedenen Verzahnungen und deren Verbindungen.

Für alle diese Geschenke statten wir hiemit den verbindlichsten Dank ab.

Stiftung. E. E. Zunft zu Metzgern übergibt der Gewerbeschule jährlich einen Betrag von Fr. 200, damit daraus einem oder zwei Schülern der obern Klassen, bürgerlicher Abkunft, vorzugsweise einem Angehörigen der Zunft selbst behufs weiterer Ausbildung Stipendien ertheilt werden können; auch diese schöne Gabe verdanken wir hiemit aufs Wärmste.

Kadettenübungen. An diesen betheiligten sich im Sommer 1872 22 Schüler der Gewerbeschule.

V. Behörden und Lehrer.

A. Inspection der Gerwerbeschule 1872/1873.

Herr *G. Burckhardt-Alioth*, Präsident.

» Stadtrath *Hier. Burckhardt-Iselin*, Vicepräsident.

» Dr. *Dan. Ecklin.*

» *W. Heusler-VonderMühll.*

» *M. Bölger-Hindermann.*

B. Lehrerschaft im Jahre 1872 1873.

Herr Prof. *Fritz Burckhardt*, Phil. Dr., Rector, für Mathematik und Naturlehre.

» *Friedrich Becker*, für deutsche Sprache und Litteratur.

» Prof. *Franz Girard*, Phil. Dr., für französische Sprache und Litteratur.

» *Heinrich Mosley*, für englische Sprache.

» Prof. *Balthasar Reber*, Phil. Dr., für Geschichte.

» Prof. *Eduard Hagenbach*, Phil. Dr., für Physik.

» Prof. *Hermann Kinkelin*, Phil. Dr., für Mathematik.

» *Johannes Schmiedhauser*, für Mathematik und Zeichnen.

» *Fritz Mauley*, für französische Sprache.

» *Johann Jacob Bernoulli*, Phil. Dr., für Geschichte.

» *Gottfried Steinegger*, für Naturgeschichte.

» Prof. *Friedrich Goppelsröder*, Phil. Dr., für Chemie.

» Dr. *Karl Breiting*, für Chemie.

» *Karl Völlmy*, für Zeichnen.

» *Wilhelm Jenny*, für Turnen.

» Prof. *Albrecht Müller*, Phil. Dr. für Naturgeschichte.

VI. Schüler der Anstalt.

In den am 4. Mai 1872 eröffneten Kursus wurden 61 Schüler aufgenommen, nämlich:

aus dem humanistischen Gymnasium	11
» » Realgymnasium	27
» andern Anstalten oder Privatunterricht	23

Die Schülerzahl war	I.	II.	III.	IV. Kl.	Zusammen.
bei Eröffnung des Kurses	48	44	16	11	119
während des Jahres eingetreten	2	1	2	—	5
Total	50	45	18	11	124
während des Jahres ausgetreten	16	18	4	11	49
Zahl am Schlusse des Schuljahres	34	27	14	—	75

Die Gesammtzahl der Schüler beträgt demnach 124.

Von den 124 Schülern waren

Bürger von Baselstadt (Stadtbezirk) . . .	61
» » » (Landbezirk) . . .	2
» » Baselland	22
Schweizer anderer Kantone	26
Ausländer . . :	13

Aus der mit Ende September geschlossenen IV. Klasse sind abgegangen:

Christen, Alcides, Polytechnikum Zürich.

David, Philipp, Mechanische Werkstätte.

Hausammann, Oscar, Polytechnikum Zürich.

Löliger, Emil, do.

v. Mechel, Hemmann, do.

Preiswerk, Hans, Universität Basel.

Richter, Robert, Polytechnikum Zürich.

Stöcklin, Jacob, do.

Völlmy, Karl, Universität Basel.

Wahl, Emil, Polytechnikum Zürich.

Weber, Rudolf, do.

In dem folgenden Verzeichnisse sind die Schüler, welche am Schlusse des Schuljahres noch anwesend waren, dem Range nach aufgeführt, die Schüler aber, welche während des Jahres die Anstalt verlassen haben, mit * bezeichnet und alphabetisch geordnet.

I. Klasse.

1. Milliet, Wilhelm, von Belfort.
2. Noll, Heinrich, von Schaffhausen.
3. Schneider, Ludwig, von Basel.
4. Kelterborn, Julius, von Basel.
5. Riedtmann, Emanuel, von Basel.
6. Burgart, Iwan, von Frankreich.
7. Blanckarts, Karl, von Köln.
8. Tschopp, Fritz, von Baselland.
9. Weber, Rudolf, von Basel.
10. Aeschmann, Rudolf, von Basel.
11. Henrici, Hermann, von Basel.
12. Dreyfuss, Benjamin, von Basel.
13. Merian, Alfred, von Basel.
14. Oser, Max, von Basel.
15. Scherrer, Karl, von Zürich.
16. Wagner, Karl, von Basel.
17. Misslin, Karl, von Basel.
18. Meng, Paul, von Graubünden.
19. Greppin, Eduard, von Delsberg.
20. Bischoff, Alfred, von Basel.
21. Riggenbach. Alfred, von Baselland.
22. Häring, Emil, von Basel.
23. Mäglin, Albert, von Basel.
24. Probst, Samuel, von Basel.
25. Petersen, Ferdinand, von Basel.
26. Von Speyr, Heinrich, von Basel.
27. Schröter, August, von Basel.
28. Hindermann, Hans, von Basel.
29. Ellinger, Heinrich, von Thurgau.
30. Schönauer, Otto, von Basel.
31. Falkner, Karl, von Basel.
32. Meyer, Otto, von Basel.
33. Widmer, Adolf, von Aargau.
34. Dahm, Heinrich, von Thurgau.
35. *Erismann, Jakob, von Basel.
36. *Gerster, Johannes, von Baselland.
37. *Gutzwiler, Karl, von Baselland.
38. *Honesta, Emanuel, von Basel.
39. *Hunziker, Heinrich, von Aargau.
40. *Leithardt, Karl, von Basel.
41. *Lister, Alfred, von England.
42. *Mégnin, Charles, von Frankreich.
43. *Picard, Paul, von Frankreich.
44. *Richter, Ernst, von Basel.
45. *Roth, Karl, von Basel.
46. *Rueff, Gabriel, von Elsass.
47. *Schoop, Theodor, von Basel.
48. *Schwob, Abraham, von Frankreich.
49. *Völlmy, Wilhelm, von Baselland.
50. *Wehrle, Hermann, von Kleinhüningen.

II. Klasse.

1. Moser, Karl, von Baselland.
2. Zimmerli, Gerold, von Zofingen.
3. Ita, Franz, von Stammheim.
4. Hofer, Isidor, von Basel.
5. Hindermann, Franz, von Basel.
6. Chappuis, Pierre, von Waadt.
7. Schärtlin, Gottfried, von Baden.
8. Christen, Oskar, von Arlesheim.
9. Michel, Ludwig, von Glarus.
10. Leuzinger, Adolf, von Glarus.
11. Kunz, Theodor, von Liestal.
12. Degen, Karl, von Oberdorf.
13. Lützelschwab, Karl, von Rheinfelden.
14. Mundwiler, Alfred, von Kleinhüningen.
15. Buchmann, Christian, von Basel.
16. Plattner, Rudolf, von Baselland.
17. Düring, Emanuel, von Basel.
18. Rippmann, Emanuel, von Baselland.
19. Lutz, Eugen, von Bern.
20. Bürgin, Rudolf, von Basel.
21. Preiswerk, Wilhelm, von Basel.
22. Hoffmann, Friedrich, von Baselland.
23. Gönner, Adolf, von Basel.
24. Simon, Simon, von Baselland.
25. Glenck, Arthur, von Gotha.
26. Salathe, Fritz, von Basel.
27. Ryhiner, Albert, von Basel.
28. *Baumgartner, Wilhelm, von Basel.
29. *Dreyfuss, Narziss, von Basel.

30. *Flubacher, Jakob, von Baselland.
31. *Gautschy, Gottlieb, von Aargau.
32. *Holzach, Heinrich, von Basel.
33. *Kemmler, Wilhelm, von Würtemberg.
34. *Köchlin, Alfred, von Basel.
35. *Langmesser, Hans, von Basel.
36. *Meng, Jakob, von Graubünden.
37. *Merz, Otto, von Aargau.
38. *Respinger, Fritz, von Basel.
39. *Schneider, Wilhelm, von Basel.
40. *Schweizer, Wilhelm, von Basel.
41. *Spreng, Theodor, von Basel.
42. *Steiger, Erwin, von Thurgau.
43. *Trueb, Rudolf, von Basel.
44. *Weiss, John, von Basel.
45. *Wölfflin, Emil, von Basel.

III. Klasse.

1. Urheim, Adolf, von Gelterkinden.
2. Gränicher, Siegmund, von Zofingen.
3. Kern, Leonhard, von Thurgau.
4. Wagner, Walter, von Baselland.
5. Merian, Matthieu, von Basel.
6. Hüssi, Arnold, von Safenwyl.
7. Sarasin, Wilhelm, von Basel.

8. Fichter, Jakob, von Basel.
9. Simonius, Alfons, von Basel.
10. Dietrich, Ludwig, von Basel.
11. Bischoff, Emil, von Basel.
12. Kern, Alfons, von Basel.
13. Kern, Eduard, von Basel.
14. *Berner, Emil, von Basel.
15. *Gsell, Wilhelm, von St. Gallen.
16. *Itschner, Wilhelm, von Basel.
17. *Simonius, Theodor, von Basel.
18. *Gutzwiller, Alexander, von Therwil.
    (hospes.)

IV. Klasse.

1. *Christen, Alcides, von Baselland.
2. *David, Philipp, von Basel.
3. *Hausammann, Oskar, von Zürich.
4. *Löliger, Emil, von Baselland.
5. *v. Mechel, Hermann, von Basel.
6. *Preiswerk, Hans, von Basel.
7. *Richter, Robert, von Basel.
8. *Stöcklin, Jakob, von Baselland.
9. *Völlmy, Karl, von Baselland.
10. *Wahl, Emil, von Basel.
11. *Weber, Rudolf, von Aargau.